RÉCITS EN VERS

SUR

L'HISTOIRE SAINTE

DEPUIS LA CRÉATION
JUSQU'AUX MACHABÉES INCLUSIVEMENT

PAR

L'ABBÉ MELCHIOR COMBES

du Clergé de Paris

—

Prix : 1 fr. 50 c.

—

PARIS

IMPRIMÉ PAR E. THUNOT ET Cᵉ

rue Racine, 26, près de l'Odéon

1866

Prêts à paraître quand l'auteur aura reçu des demandes en nombre suffisant pour les faire imprimer :

RÉCITS EN VERS SUR L'ÉVANGILE ET LES ACTES DES APÔTRES.

1 vol. in-18. — Prix : 1 fr. 50 c.

Adresser toutes les demandes à l'auteur,
rue Androuet, 7, Paris-Montmartre (18ᵉ arrondissement).

Tout exemplaire non revêtu de la signature de l'auteur sera réputé contrefait.

PRÉFACE.

C'est pour les élèves de l'enseignement
primaire que j'ai eu l'idée de composer ce
petit ouvrage; non point afin de leur apprendre l'histoire sainte, ils ont des abrégés
qui leur suffisent bien pour cela, mais pour
leur présenter les faits historiques dont ils
ont déjà une certaine connaissance, sous
une forme facile et attrayante, qui les aide
à les mieux retenir.

Écrivant pour les enfants, j'ai dû user
d'un style simple et clair dans mes Récits,
en suivant les règles de la grammaire et

celles d'une versification ordinaire. Et c'est aussi ce que j'ai essayé de faire.

En un mot j'ai écrit et j'écris pour les *petits*; mais si mes ouvrages pouvaient encore convenir aux *grands*, j'en serais doublement flatté.

Paris, 15 juillet 1866.

RÉCITS

L'HISTOIRE SAINTE.

Récit I.

LA CRÉATION.

—

Dès le commencement, la puissance divine
Fit la terre et le ciel ; telle est leur origine.
La terre fut d'abord vide et sans ornement ;
Elle était sous les eaux cachée entièrement.
L'Esprit de Dieu planait sur ces profonds abîmes ;
Il se manifesta par des accents sublimes :
« Que la lumière soit ; » et la lumière fut.
A son commandement soudain elle apparut.
A la nuit succéda le matin ou l'aurore ;
Le premier jour du monde ainsi se vit éclore.
Quand vint le second jour, Dieu fit le firmament
Qu'il appela le ciel : à son commandement
Et dans un seul instant les eaux se séparèrent ;

1

Les unes vers le ciel en vapeur s'en allèrent ;
Les autres par leur poids se fixèrent en bas
A leur première place, et ne bougèrent pas
Jusqu'au troisième jour. Alors le puissant maître
A la terre ordonna de sortir, de paraître ;
Aux eaux de s'amasser ensemble en un seul lieu
Qu'il appela la mer. Parlant toujours en Dieu,
Il commande à la terre, et la terre s'empresse
De produire gazon, plantes de toute espèce
Ainsi qu'arbres à fruits : chacun en soi portait.
Les germes, les pepins d'où chacun renaîtrait.
Le quatrième jour Dieu fit deux luminaires
Et plaça dans le ciel leurs éclatantes sphères ;
L'un plus grand, plus brillant pour présider au jour ;
L'autre moins éclatant pour paraître à son tour
Escorté d'un million de luisantes étoiles,
Et tempérer des nuits les ténébreuses voiles.
Pour le cinquième jour, Dieu fit sortir des eaux,
Et voler dans les airs toutes sortes d'oiseaux.
Il mit au sein des mers les immenses baleines,
Les monstres, les poissons dont les ondes sont pleines,
Puis les bénit enfin, leur dit, leur ordonna
De se multiplier, et les abandonna.
Quand parut la sixième et dernière journée,
La terre de son sein vit sortir étonnée,
A l'ordre du Seigneur, reptiles, animaux,
Bêtes de toute espèce en immenses troupeaux.
Puis Dieu, se recueillant, se parlant à lui-même :
Faisons l'homme, dit-il, avec un soin extrême,
Faisons-l' à notre image, et qu'il soit le portrait
De nos perfections ressemblant et parfait.
Prenant en même temps du limon de la terre,

Lui-même il façonna son corps avec mystère :
A son corps il donna, la puisant dans son sein,
Une âme qui partit de son souffle divin.
Puis il prit la parole, et s'adressant à l'homme,
A tous les animaux des champs, bêtes de somme :
Je vous livre, dit-il, de tout cet univers
Herbes, plantes et fruits, tous les produits divers.
Usez-en tous, chacun suivant votre nature ;
Car tous je les ai faits pour votre nourriture.
Allez, je vous bénis, et multipliez-vous ;
Peuplez, couvrez la terre, elle est faite pour tous.
Il dit à l'homme seul : Toi, tu seras le maître
Et le dominateur de ce que j'ai fait naître,
Des poissons de la mer et des oiseaux du ciel,
De tous les animaux... C'est mon ordre éternel.

Récit II.

LE PARADIS TERRESTRE. — ADAM ET ÈVE.

Le Seigneur en six jours fit les cieux et la terre ;
Le septième il cessa (son œuvre était entière)
D'ajouter autre chose à ses anciens travaux.
Il bénit ce grand jour, rentra dans son repos ;

La terre par le ciel n'était point arrosée,
L'eau ne lui venait pas du sein de la nuée ;
Mais une source immense émanait de son sein
Pour la fertiliser, par un charme divin ;
Et se passant des soins et du travail de l'homme,
Elle produisait tout par elle-même en somme.
Avant de créer l'homme, et pour son agrément,
Pensant à son bonheur dès le commencement,
Le Seigneur avait fait un jardin de délices
Où s'étaient exercés tous ses divins caprices
Pour l'orner, l'embellir, le rendre digne enfin
De voir et de charmer le premier être humain.
Un fleuve l'arrosait dans sa grande étendue :
En sortant de ce lieu l'eau n'était point perdue
Dans le bassin des mers ; elle se divisait
En quatre grands courants, de la sorte formait
Quatre fleuves nouveaux, quatre grandes rivières,
Qui de divers pays dessinaient les frontières.
L'un s'appelle Phison, il parcourt d'Évilath,
La terre qui produit l'or au plus pur carat ;
L'autre appelé Gehon coule en Éthiopie ;
Le troisième est le Tigre, et va dans l'Assyrie ;
Le dernier est l'Euphrate... Or Adam fut placé
Dans ce beau paradis, où tout était tracé
Dans un ordre parfait : l'on y voyait des plantes,
Des arbres et des fruits, les fleurs les plus charmantes.
Tous les fruits à la vue étaient beaux, spécieux ;
Ils faisaient tous envie, étaient délicieux.
Or parmi tous ces fruits était le fruit de vie.
Le corps s'en nourrissait, l'âme en était nourrie.
Mais il était un arbre entre tous signalé
Par le Seigneur lui-même, il était appelé

L'arbre (qu'il soit maudit), l'arbre de la science,
Du bien comme du mal... Or Dieu fit la défense
A l'homme de manger, de prendre de ses fruits
Quand vers lui par hasard ses pas seraient conduits;
Lui fit en même temps les plus grandes menaces,
Après l'avoir comblé de ses dons, de ses grâces;
Lui disant, lui jurant qu'il encourrait la mort,
Et qu'il s'exposerait au plus funeste sort
S'il osait y toucher, méprisant sa parole,
Et cédant aux désirs de son humeur frivole.
Le Seigneur près d'Adam manda les animaux;
Il leur donna leur nom, fit de même aux oiseaux.
Il les désigna tous, et d'après leur espèce
Et selon leur nature avec grande justesse.
C'est Dieu qui l'inspira, qui lui fit discerner
Les qualités des noms qu'il devait leur donner.
Encor l'homme était seul, sans aide et sans compagne
De peur, dit le Seigneur, que l'ennui ne le gagne
Et qu'il soit sans soutien, hâtons-nous, faisons-lui
Un être à soi pareil, qui lui serve d'appui.
Soudain le Tout-Puissant versa dans sa paupière
Un sommeil très-profond; et de cette manière,
Pendant qu'Adam dormait, il prit près de son cœur,
Sans qu'il s'en aperçût, sans qu'il eût de douleur,
Une côte... Avec elle il façonna la femme
En la couvrant de chair, et lui donnant une âme.
Puis réveillant Adam, il la lui présenta.
L'homme en voyant la femme, aussitôt se douta
De ce que le Seigneur par sa toute-puissance
Venait d'exécuter, et comme en son absence.
De ce cri magnifique il fit retentir l'air:
C'est bien l'os de mes os et la chair de ma chair!

Dès cette heure laissant et son père et sa mère,
Avec elle l'époux sera la vie entière.
Ils s'uniront ensemble, et n'ayant qu'un seul cœur,
L'un de l'autre ils feront le mutuel bonheur.

Récit III.

LE FRUIT DÉFENDU.

De tous les animaux répandus sur la terre,
Le serpent, par instinct, jaloux et solitaire,
Était le plus rusé, le plus vif, le plus fin,
Le plus intelligent, le plus pervers enfin.
Ève (c'était le nom de la première femme),
Ève se promenait, rassasiait son âme
De toutes les beautés qu'apercevaient ses yeux...
Elle avance, elle voit un fruit délicieux;
C'est le fruit défendu... Elle le considère;
Elle le reconnaît, fait un pas en arrière.
« Pourquoi, dit le serpent, pourquoi n'y touchez-vous?
« Les fruits de ce jardin, Dieu vous les donne tous :
« Et c'est assurément vous faire un vain scrupule

« Que de n'en pas manger... Vous êtes trop crédule.

« — Non, répondit la femme, il nous a défendu

« De toucher à celui que je vois suspendu

« Aux branches de cet arbre, et je dois m'interdire

« Le plaisir d'en manger : aussi je me retire.

« — Ne vous en allez pas, dit encor le serpent.

« — Je mourrai si j'y touche.— Et non assurément,

« Car si Dieu vous a fait cette injuste défense,

« C'est parce qu'il craignait (je dis ce que je pense)

« Que vous ne devinssiez comme lui d'autres dieux

« En mangeant de ce fruit... J'en adjure les cieux!

« Mangez-en ; vous verrez l'effet de ma parole ;

« Vous et votre mari vous changerez de rôle.

« Oui, dans un seul instant vous serez éclairés ;

« Vous serez comme Dieu, tous deux vous connaîtrez

« Le bien comme le mal... » La femme à ce langage

Se ravise, et voyant à travers le feuillage,

Considérant encor ce fruit si merveilleux,

Et jugeant qu'il doit être au goût délicieux,

Elle y porte la main, et le met dans sa bouche,

Va chercher son mari. De même Adam y touche.

Ils en mangent tous deux et leurs yeux sont ouverts :

La honte les saisit, et des feuillages verts

D'un énorme figuier ils se font des tuniques.

Voici venir pour eux des scènes bien tragiques.

Au souffle du zéphir, sur le déclin du jour,

Dieu dans le paradis descendant à son tour ;

Sa voix dans le bosquet soudain se fait entendre,

C'est Adam qu'il appelle : Adam ne veut se rendre ;

Il se cache avec Ève, il craint que le Seigneur

Ne décharge sur lui les coups de sa rigueur.

Le Seigneur le poursuit et de nouveau l'appelle :

Vainement il s'obstine à devenir rebelle.
Dieu l'atteint et lui dit : « Pourquoi t'es-tu caché ?
« — Parce que vous m'auriez justement reproché
« D'aller comme je suis devant votre présence.
« — Tes yeux se sont ouverts, parce qu'à ma défense
« Tu n'as pas obéi. — Si j'ai mangé du fruit
« De l'arbre défendu, la femme m'a séduit
« Et m'en a fait manger. » Dieu s'adresse à la femme :
« Dis-moi qui t'a poussée à cette chose infâme ? »
Ève dit aussitôt : « Seigneur, c'est le serpent.
« — Eh bien ! qu'il soit maudit !... Oui tu seras rampant ;
« Tu ne te nourriras pendant ta vie entière,
« Tu ne te nourriras que de boue et de terre :
« La femme de ta haine elle te poursuivra ;
« Et ta tête si fière, elle l'écrasera.
« Toi tu t'efforceras vainement de l'atteindre,
« De la blesser au pied ; elle ne doit rien craindre...
« Ève, à toi pour ta part, je te donne les pleurs,
« Les soucis, les chagrins, les peines, les douleurs.
« Adam, de tes sueurs tu mouilleras la terre
« Pour en tirer ton pain, et puis dans la poussière
« D'où mon bras t'a fait naître, un jour tu t'en iras.
« Tu m'as désobéi... Je l'ai dit, tu mourras ! »

Récit IV.

CAÏN ET ABEL.

—

Adam, Ève frappés du divin anathème,
Se virent tous les deux chassés à l'instant même
Du paradis terrestre; et pour les empêcher
D'y venir de nouveau, de jamais s'approcher
De l'arbre dont les fruits communiquaient la vie
Qui leur avait été par leur faute ravie,
Dieu mit à son entrée un chérubin des cieux
Qui tenait dans sa main un glaive dangereux.
Il était flamboyant; sa lame était mouvante;
Il brillait, s'agitait, répandait l'épouvante...
Le Seigneur leur donna des tuniques de peaux.
Adam dut commencer ses pénibles travaux.
La terre se couvrit de ronces et d'épines,
Perdit en un instant ses qualités divines.
Tout dans cet univers reçut son châtiment,
Depuis l'herbe des champs jusques au firmament.
De nos premiers parents l'union fut bénie;
Caïn fut le premier qui d'eux reçut la vie;
Abel vint après lui. L'un fut cultivateur,
L'autre fut des troupeaux le gardien, le pasteur.
Les deux frères à Dieu firent des sacrifices,
L'aîné de ses produits, Abel de ses génisses.
Celui-ci choisissait dans son meilleur troupeau
Ce qu'il pouvait avoir de plus gras de plus beau.

1.

Le Seigneur regarda d'un œil très-favorable
Les offrandes d'Abel; mais d'un regard semblable
Ne put pas honorer l'offrande de Caïn,
Dont le visage change et s'assombrit soudain.
« Quoi! lui dit le Seigneur, d'où te vient tant d'envie?
« Dis pourquoi ton cœur cède à tant de jalousie?
« Je t'ai fait maître et roi de tous tes sentiments,
« Ils sont sous ton empire : et de tes mouvements,
« Si tu suis les mauvais, bientôt ta conscience
« Te le reprochera, sera ta récompense
« Si tu suis au contraire et si tu fais le bien. »
Ces avis du Seigneur ne servirent à rien.
Caïn dès ce moment gagné par la colère,
Jura de se venger, d'exterminer son frère ;
Fixa dans son esprit en quelle occasion
Il exécuterait cette affreuse action.
Il lui dit donc un jour : « Allons dans la campagne,
« Allons nous promener... » Abel va, l'accompagne,
Marche sans défiance... Or Caïn s'élança
D'un seul bond sur son frère, et d'un coup le perça.
Le Seigneur qui voit tout s'enflamme de colère,
Et s'approchant de lui : « Qu'as-tu fait de ton frère ? »
Lui dit-il d'un ton ferme et l'air tout en courroux.
« — Seigneur, lui dit Caïn, que me demandez-vous ?
« Je ne puis m'expliquer quelle est votre pensée...
« Mais cette question, l'avez-vous bien pesée ?
« Car, de mon frère Abel suis-je, moi, le gardien ?
« Ce qu'il est devenu, Seigneur, je n'en sais rien...
« —Qu'as-tu fait, malheureux!... Oui, le sang de ton frère
« Que ta main a versé, fait sortir de la terre
« Et monter jusqu'à moi sa colère et ses cris...
« Encore tu me mens, et de moi tu te ris.

« Vas, tu seras maudit. A tes efforts rebelle,
« Oui, la terre pour toi se montrera cruelle,
« Et malgré ton travail ne te produira rien ;
« Tu seras vagabond sur elle, entends-le bien.
« — Seigneur, reprit Caïn, je reconnais ma faute,
« Votre perfection est trop grande et trop haute
« Pour que jamais je puisse obtenir mon pardon.
« Moi je suis trop méchant, et vous êtes trop bon.
« Si vous m'avez maudit, si vous voulez que j'erre,
« Et que j'aille marchant, fuyant de terre en terre,
« Le premier des mortels qui me rencontrera,
» Sans pitié, par vengeance, il m'exterminera.
« — Non, lui dit le Seigneur, tu porteras un signe
« Qui te préservera... Car il se rendrait digne
« De recevoir encore un plus grand châtiment
« Celui qui te voudrait tuer impunément. »

Récit V.

LE DÉLUGE.

—

Caïn, maudit de Dieu, traîna son existence
Errant et malheureux, de distance en distance.
S'il s'arrêtait un jour, il reprenait soudain,

A travers tous pays, sa course et son chemin.
C'était vers l'Orient qu'il s'avançait sans cesse,
Plein d'ennui, de chagrins, de remords, de tristesse.
Ses fils, aussi pervers, aussi méchants que lui,
Perdirent du Seigneur et l'amour et l'appui.
A mesure qu'entre eux ils se multiplièrent,
Ils furent plus méchants, et plus ils oublièrent
Les ordres du Seigneur et sa divine loi.
Ils vécurent sans mœurs, sans respect et sans foi...
Pour consoler Adam de la perte cruelle
De son cher fils Abel, si bon et si fidèle,
Le Seigneur lui fit naître un fils appelé Seth,
De toutes les vertus le modèle parfait.
Tous les enfants de Seth eurent sa ressemblance :
Son premier fils, Énos, avec magnificence
Établit, célébra le culte du Seigneur ;
Ils l'honorèrent tous du profond de leur cœur...
Or, pour les maintenir dans l'amour, dans la crainte
De son nom révéré, de sa loi pure et sainte,
De peur que le contact des enfants de Caïn
Ne leur fît secouer, briser le joug divin,
Dieu les rassembla tous, et leur fit la défense
De contracter jamais avec eux d'alliance.
Tant que les fils de Seth furent au Tout-Puissant
Fidèles et soumis, leur cœur fut innocent.
Ils devinrent ingrats... enfin ils oublièrent
La défense de Dieu : sans crainte ils s'allièrent
Aux enfants de Caïn ; ils devinrent méchants,
Et s'adonnèrent tous aux plus mauvais penchants.
Témoins de leurs forfaits et de leur insolence,
Qui défiait en tout sa divine puissance,
Le Seigneur résolut de les exterminer,

De détruire la terre et de l'abandonner.
Entre tous, devant lui, Noé seul trouva grâce,
Par sa fidélité, sauva l'humaine race.
Afin de le soustraire au commun châtiment,
Sa femme, ses trois fils, ses brus également,
Le Seigneur donna l'ordre à ce saint patriarche
De construire un vaisseau qu'il fit en forme d'arche,
Sans voiles, sans agrès, et recouvert d'un toit...
Puis il y fit entrer, sans qu'on fût à l'étroit,
Son épouse, ses fils, leurs femmes, une paire
De tous les animaux qui vivaient sur la terre.
Dieu fit tomber du ciel, pendant quarante jours,
Des torrents d'eau, dont rien n'interrompit le cours.
L'eau submergea d'abord les villes, les campagnes,
Et couvrit le sommet des plus hautes montagnes.
L'arche flottait toujours, et l'eau la respectait.
Dans ses abîmes creux elle ensevelissait
Hommes, femmes, enfants, bêtes de toute espèce...
De tout ce qui vivait, rien, rien elle ne laisse !...
Après plus de cent jours, un vent sec s'éleva,
L'eau décrut aussitôt ; et l'arche s'arrêta
Sur le mont Ararat, au pays d'Arménie.
Pour remercier le Dieu qui lui sauva la vie,
Noé ne quitta l'arche, avec les animaux,
Sa femme, ses enfants, que quand les grandes eaux
De la terre et des champs se furent retirées,
Et lorsque dans leur lit elles furent rentrées.
Or, pour s'en assurer, Noé lâcha d'abord
Le corbeau carnassier, qui ne vint plus à bord ;
Et puis il fit sortir la colombe timide
Qui retourna bientôt d'un vol prompt et rapide.
Huit jours passés, Noé la lâcha de nouveau ;

Elle revint, portant au bec un vert rameau.
Noé sortit de l'arche, offrit un sacrifice
Au Dieu qui fut pour lui si bon et si propice,
Fit avec ses enfants monter jusques aux cieux
Les élans de son cœur, sa prière et ses vœux.

Récit VI.

DISPERSION DES HOMMES. — TOUR DE BABEL.

—

Quand Noé dirigeait l'agréable fumée
De son encens vers Dieu, du sein d'une nuée
Le Seigneur le bénit, il bénit ses enfants,
Et tous les animaux, le monde en même temps.
Il promit de ne plus envoyer à la terre
Un déluge nouveau ; pour garant salutaire
De son serment divin, il fit paraître aux cieux
L'arc aux mille couleurs, brillant et radieux.
Noé dans ses jardins avait planté la treille ;
Il n'en connaissait pas la force sans pareille.
Pendant qu'il sommeillait, endormi par son jus,
Ses fils, auprès de lui, tous trois étant venus,
Cham osa le fixer avec peu de décence ;
Sem ainsi que Japhet, par plus de révérence,
Marchèrent en arrière, et mirent leur manteau
Sur leur père Noé, qui s'éveille en sursaut,

Et demande à ses fils de lui dire la cause
De cet événement, d'une pareille chose.
Il apprit aussitôt la mauvaise action
De Cham qu'il accabla de malédiction.
Il maudit Chanaan, son fils, toute sa race,
D'avance lui disant qu'ils seraient tous sans grâce,
Esclaves, serviteurs de Sem et de Japhet,
Et qu'ainsi le Seigneur le voulait, l'ordonnait.
Les enfants de Noé crûrent, multiplièrent ;
Tous les hommes d'abord n'eurent et ne parlèrent
Qu'un même et seul langage ; ils étaient réunis
Ensemble, ils habitaient dans un même pays.
Mais cette région devenant trop petite
Pour les contenir tous, il faudra qu'on se quitte...
Or, avant de partir et de se séparer,
Pour se faire un grand nom, pour s'immortaliser,
Ils résolurent tous de bâtir une ville,
D'élever une tour... Mais ce projet futile
Et plein de vanité ne plut point au Seigneur.
Quand l'ouvrage atteignit une grande hauteur,
Dieu descendit du ciel, confondit leur langage ;
Il fallut que chacun abandonnât l'ouvrage.
Ainsi l'on désigna sous le nom de Babel
Cette tour qui devait atteindre jusqu'au ciel.
Les hommes confondus, dès lors se séparèrent ;
Dans tous les points du monde aussitôt ils allèrent.
Les enfants de Japhet vinrent dans l'Occident ;
Et les enfants de Sem gardèrent l'Orient.
Les fils de Chanaan allèrent en Afrique,
Où fut fondé d'abord le pouvoir monarchique.
La race de Japhet peupla les régions
Qu'on appela depuis *îles des Nations*.

Javan fut le premier, le chef de l'Ionie ;
Nemrod, fameux chasseur, de la Babylonie.
Héber donna son nom au pays des Hébreux,
Assur à l'Assyrie... Ainsi les autres lieux
Eurent chacun un chef, et tous ils s'appelèrent
Des noms qui rappelaient les chefs qui les fondèrent.
Telle fut l'origine en ce grand univers,
Des peuples, des pays, des royaumes divers

Récit VII.

ABRAHAM.

—

Une fois dispersés, les hommes oublièrent
Les bienfaits du Seigneur, bientôt abandonnèrent
Et son culte, et sa loi. Dieu choisit Abraham,
Qu'il fit venir exprès dans la terre de Cham
De la ville de Hur au pays de Chaldée.
Il lui parla lui-même au fond d'une vallée,
Près des murs de Sichem, lui dit qu'il bénirait
Sa race tout entière et qu'il lui donnerait
Ces terres, ces pays, s'il lui restait fidèle,
S'il voulait l'honorer, le servir avec zèle.
Abraham se soumit, et dressant un autel,
Il invoqua le nom du puissant Dieu du ciel.
Au sud de cet endroit il fixa sa demeure,

Et bâtit au Seigneur un autre autel sur l'heure.
De cette région il dut bientôt partir,
Parce que la famine y vint, s'y fit sentir.
Il alla vers l'Égypte avec Sara sa femme.
Le roi de ce pays, Pharaon, dans son âme
Médita le projet de la faire enlever ;
Les fléaux du Seigneur vinrent le visiter ;
Il reconnut sa faute, aussitôt la fit rendre
A son époux Abram, heureux de la reprendre.
Lorsqu'il fut de retour dans son premier endroit,
Avant de s'abriter de nouveau sous son toit,
Il voulut au Seigneur offrir un sacrifice.
Dieu lui parla, lui dit qu'il lui serait propice,
Qu'il rendrait ses enfants un jour aussi nombreux
Que les astres qu'on voit scintiller dans les cieux.
Loth, cousin d'Abraham, près de cette contrée
Avait fixé sa tente : elle était encombrée
De nombreux serviteurs, de troupeaux plus nombreux ;
Ils ne purent bientôt vivre, rester entre eux.
Loth choisit du Jourdain les riches paysages ;
Abram de Chanaan eut les gras pâturages.
Mais des rois ennemis pillèrent son cousin,
L'emmenèrent au loin. Fort du pouvoir divin,
Abraham accourut, vint à sa délivrance,
Le sauva de leurs mains par sa noble vaillance.
Melchisédech offrit un sacrifice à Dieu,
Afin de célébrer sa bravoure, en ce lieu.
Abraham eut un fils ; Agar en fut la mère :
Cette faveur du ciel la rendit haute et fière.
Sara lui fit la guerre. Emmenant Ismaël,
Elle fut au désert ; mais un ange du ciel
Lui dit qu'elle devait revenir, et soumettre

Toutes ses volontés à celles de son maître.
Agar vint, se soumit : or Dieu dit à Sara
Qu'elle deviendrait mère, et puis il ordonna
La circoncision. Abraham fut fidèle
A suivre du Seigneur la parole éternelle.
Un jour qu'il se tenait près de sa tente assis,
Il vit trois jeunes gens. L'abordant en amis,
De la part du Seigneur aussitôt ils lui dirent
Qu'il aurait dans un an un fils, et le bénirent.
Sara rit, se moqua de leur prédiction.
Mais ceux-ci jusqu'au bout poussant leur mission,
Répondirent que Dieu pouvait malgré son âge
Lui faire avoir un fils ; qu'elle n'était pas sage
De se conduire ainsi, de refuser sa foi,
Quand c'était le Seigneur qui faisait cette loi.
Sur leur premier discours tous trois ils insistèrent,
De la part du Seigneur redirent, répétèrent
Que Sara dans un an mettrait au monde un fils
En qui tous les mortels seraient un jour bénis.

----oo§oo----

Récit VIII.

SODOME ET GOMORRHE.

——

Le Seigneur irrité, vers Sodome et Gomorrhe
Emmenant Abraham, avec lequel encore
Les trois anges étaient, soudain se dirigea ;
Et du haut d'un coteau sur ces villes plongea

Son regard plein de feu ; puis d'une voix terrible,
Parlant à Abraham : « Non, ce n'est pas possible ?
« C'en est fait ! je ne puis plus longtemps supporter
« Ces infâmes cités : elles ont fait monter
« Jusqu'à mon trône saint les cris et la fumée
« De leurs iniquités... La mesure est comblée :
« Je vais les ruiner et les réduire en feu.
« — Seigneur, dit Abraham, patientez un peu.
« De grâce, répondez à ce que je demande ;
« Car, comme je le sais, votre clémence est grande.
« Si ces villes, Seigneur, renferment dans leur sein
« Cinquante hommes soumis à votre nom divin,
« Les embraserez-vous ?...—Non, si j'en vois cinquante.
« — Eh bien que ferez-vous, s'il s'en trouve quarante ?
« S'il n'y en a que trente, vingt, et dix seulement?
« — Je leur pardonnerai, crois-le, bien sûrement. »
Le Seigneur là-dessus, de ce lieu se retire ;
Abraham rassuré sur ce qu'il vient de dire,
Part et rentre chez soi... Cependant le Seigneur
Se souvenant de Loth, l'unique serviteur
Qu'il possédât au sein de ces villes infâmes,
Et voulant le soustraire aux dévorantes flammes
Qui devaient consumer ces coupables cités ;
Deux anges de sa part lui furent députés.
A peine furent-ils entrés dans sa demeure,
Que tous les habitants vinrent à la même heure,
Jeunes hommes, vieillards, et même les enfants,
Faisant tout retentir de leurs cris menaçants.
Ils demandent à Loth qu'aussitôt il leur livre
Ces jeunes étrangers, s'il veut encore vivre.
Disant qu'ils vont de suite, en forçant la maison,
Tous les exterminer, s'il ne leur fait raison.

Loth était descendu pour calmer leur colère ;
Il ne put maîtriser leur fureur sanguinaire.
Les messagers du ciel arrivent aussitôt,
L'arrachent de leurs mains, par le pouvoir d'en haut ;
Frappent de cécité toute la multitude
Qui s'écoule à tâtons... Loth, sans inquiétude,
Allait faire une fête aux divins messagers.
Ils refusent tous deux, disent qu'ils sont chargés
D'emmener avec eux Loth, sa femme et ses filles,
Et qu'eux seuls sont choisis dans toutes les familles
Pour échapper au feu qui va bientôt tomber
Sur leurs villes, du ciel, et les exterminer.
Comme Loth hésitait ; quand approcha l'aurore,
Le prenant par la main, lui, ses filles encore
Et son épouse, ils vont à pas précipités,
Dans un lieu qui de loin domine ces cités.
Sur elles aussitôt du feu mêlé de soufre
Tombe du haut du ciel ; la terre les engouffre,
Et les ensevelit dans un étang profond,
Dans lequel le bitume avec l'eau se confond.
Pendant que la tempéte éclate furieuse,
De Loth, un seul instant, l'épouse curieuse
Se tourne pour la voir... Elle se sent changer
En un gros bloc de sel, et ne peut plus bouger.
Loth entre dans *Ségor* ; de là se réfugie
Dans le fond d'un désert. De lui prirent la vie
Deux peuples : de *Moab* se forma le premier ;
D'*Ammon*, son autre fils, se forma le dernier.
Cependant Abraham, quand eut fini l'aurore,
Quand commença le jour, vint pour revoir encore
Ces deux villes... Hélas !... il n'aperçut soudain
Que leurs cendres fumer, voler dans le lointain.

Récit IX.

ISAAC.

—

Abraham voyageait au pays de Gerare...
Le prince *Abimélech* de sa femme s'empare,
Et la lui fait ravir. Mais le Seigneur sévit
Contre les siens et lui... Le prince la rendit ;
Il reconnut sa faute, et puis il donna même
A l'époux de Sara, plein d'une grâce extrême,
Des brebis, des chameaux, des serviteurs nombreux...
Il fit don à Sara d'un voile pour ses yeux.
Dieu vint le visiter, et selon sa promesse,
Lui fit avoir un fils, objet de sa tendresse.
On dut le circoncire, Isaac fut son nom.
Or comme il grandissait dans la même maison
Que son frère Ismaël, brusque par caractère,
Et doué d'une humeur pétulante et grossière ;
Attendu qu'Ismaël toujours le maltraitait,
Agar fut obligée avec lui pour ce fait
D'aller dans le désert, de quitter la demeure
De son maître Abraham... Elle partit sur l'heure
Emportant avec elle une outre pleine d'eau.
(Il n'est dans un désert ni source ni ruisseau.)
Cette provision fut bientôt épuisée.
La mère d'Ismaël se sentant exposée
A voir mourir son fils, elle l'abandonna
Sur le bord du chemin, et puis se retira ;

Cependant le Seigneur exauça sa prière
Et celle de son fils. Elle allait en arrière ;
Un ange l'arrêta , dans l'instant fit jaillir
Une source à l'endroit où devait défaillir
L'enfant à demi mort... Agar remplit son outre,
Marche dans le désert, va toujours et passe outre,
S'avance vers l'Égypte, et se fixe à Pharan.
Enfin lorsque Ismaël son fils fut assez grand,
Sa mère lui fit prendre une épouse égyptienne,
Qui voulut bien unir sa fortune à la sienne.
Il devint fondateur d'un peuple très-nombreux,
Comme l'avait promis et dit l'ange des cieux.
Dieu voulant éprouver son serviteur fidèle
Abraham, il lui fit l'injonction cruelle
De prendre et d'immoler Isaac son cher fils.
Il l'emmène aussitôt à travers le pays.
Sans attendre le jour, va près d'une montagne
Que le Seigneur lui montre. Isaac l'accompagne ;
Mais de ce qu'on va faire il ne se doute pas.
On gravit la montagne ; Isaac pas à pas
Suit, portant sur son dos le bois du sacrifice.
« Et comment le Seigneur nous sera-t-il propice,
« Dit-il à Abraham ?... moi je porte le bois
« Où est donc la victime, mon père ? — Mon fils, crois,
« Crois bien que le Seigneur y pourvoira lui-même ;
« Crois encore, et surtout, qu'il te chérit, qu'il t'aime. »
On arrive au sommet, on dresse le bûcher ;
Isaac obéit, et s'y laisse attacher.
Au moment où son père, ayant en main le glaive,
Pour immoler son fils, le tend et le soulève,
L'ange de Dieu paraît, le retient et lui dit :
« Arrête : le Seigneur est content, ça suffit »

Abraham obéit : en détournant la tête,
Il voit dans un buisson un bélier qui s'arrête,
Et se prend dans ses bois. Il le saisit soudain,
Il l'immole : aussitôt le messager divin
De la part du Seigneur lui fait, lui renouvelle
Les promesses du ciel pour sa race fidèle,
Et lui jure qu'un jour toutes les nations
Par elle recevront ses bénédictions...
Sara vécut cent ans, et plus de vingt encore.
Elle mourut, hélas ! et la dernière aurore
Pour elle se leva. Son époux Abraham
La plaignit, la pleura dans la terre de Cham
Pendant nombre de jours. Dans la ville d'*Arbée*
Qu'on appelait *Hébron*, finit sa destinée.
Les descendants de Lot possédaient ce pays.
A l'époux de Sara par eux il fut permis
D'ensevelir son corps dans une de leurs terres.
Quatre cent pièces d'or (des pièces monétaires
Ayant cours en ces lieux), telle fut la valeur
Qu'Abraham dut remettre à son puissant Seigneur.
Abraham déposa Sara dans une grotte
Creusée au fond d'un champ... Il soupire, il sanglote,
Mais il espère en Dieu qui le consolera,
Dans son fils Isaac, de la mort de Sara.

Récit X.

ÉLIÉZER ET RÉBECCA.

—

Abraham fait venir son serviteur fidèle,
L'ancien Eliézer dont il connaît le zèle,
Le rare dévoûment pour soi, pour tous les siens.
C'était lui qui gérait, qui gouvernait ses biens.
« Écoute, lui dit-il : en Mésopotamie
« Tu vas aller (c'est là mon ancienne patrie),
« Chez mon frère Nachor. Là tu rencontreras
« Pour mon fils une épouse, et la ramèneras.
« Je ne veux nullement qu'Isaac se fiance
« Aux filles du pays... Voilà ce que je pense. »
Eliézer s'en va, monte sur ses chameaux
Qu'il a bientôt chargés de vivres, de cadeaux.
En Mésopotamie il arrive au plus vite.
Sur le bord d'un chemin, et pendant qu'il médite,
Aux environs d'un puits, demandant au Seigneur
Qu'il daigne secourir son humble serviteur,
Et lui faire connaître enfin par quelque signe
L'épouse que son choix pour Isaac désigne ;
Il voit venir à soi (c'était la fin du jour)
Une fille modeste... Elle fait un détour
Quand elle l'aperçoit. Eliézer s'avance
Et lui dit : « Jeune fille, ayez de l'indulgence.
« Voudriez-vous m'indiquer le pays où Nachor
« Habite avec les siens ?... N'y suis-je point encor ?

« — Vous y êtes, répond alors la jeune fille ;
« Je suis de sa maison, de sa propre famille.
« — Donnez-moi donc à boire ? — Eh bien ! très-volontiers,
« Répondit Rébecca ; si vous vous asseyez
« J'irai puiser mon eau, pour vos chameaux encore
« J'en porterai bientôt, car le jour va se clore. »
Or, quand tout fut fini : « Pourriez-vous me loger,
« Lui dit Éliézer, et donner à manger
« A tous mes animaux ?... — Pardon, Laban mon frère
« Vous répondra bientôt... — Mais je ne puis vous taire
« Que je suis serviteur de son oncle Abraham
« Qui est depuis longtemps dans le pays de Cham.
« Recevez de sa part et ces pendants d'oreille
« Et ces bracelets d'or. C'est charmant ; c'est merveille. »
Rébecca sans tarder regagne sa maison ;
Elle avertit Laban, qui, comme de raison,
En l'entendant parler accourt, se précipite,
Et presse Éliézer de le suivre au plus vite.
On lui lave les pieds, on soigne les chameaux ;
On l'engage à manger, à prendre du repos,
Mais il faut avant tout qu'Éliézer s'explique,
Qu'il dise ce qu'il veut, et ce dont il se pique.
C'est Rébecca qu'il doit avec soi ramener,
Disant que ses parents doivent la lui donner
Afin qu'elle s'unisse au fils de son cher maître,
Qu'elle épouse Isaac... Alors tous font paraître
Surprise, étonnement. Éliézer répond
Que c'est Dieu qui le veut et tous il les confond.
Il étale à leurs yeux les présents magnifiques,
Les diamants, les bijoux, les étoffes antiques
Que son maître Abraham lui fit prendre en partant.
« Vous resterez huit jours avec nous ? dit Laban.

« — Non, dit Éliézer, il faut qu'on se décide :
« C'est demain que je pars, c'est demain que je bride :
« C'est demain que je dois emmener Rébecca. »
Elle, on la fit venir, puis on la consulta.
Rébecca répondit qu'elle était toute prête.
Ses frères et ses sœurs lui firent une fête,
Lui dirent, la comblant de bénédictions :
Que tes enfants un jour se comptent par millions !

Récit XI.

ISAAC ET RÉBECCA. — MORT D'ABRAHAM.

—

Rébecca part contente ; elle est accompagnée
De l'heureuse nourrice à ses fils destinée,
De suivantes en nombre. Éliezer conduit
La caravane : on marche et le jour et la nuit.
On arrive au moment où pensif sur la route,
Non loin de sa demeure, Isaac sans nul doute
Roulait dans son esprit les vœux de son amour.
Or c'était vers le soir, sur le déclin du jour.
Isaac élevant les yeux, voit dans la plaine
Les chameaux et les gens qu'Éliezer ramène.
Rébecca l'aperçoit, et descend aussitôt,

Disant au serviteur : « Voyez sur le coteau ;
« Voyez dans le chemin... Dites, quel est cet homme
« Qui s'avance vers nous, vers nos bêtes de somme ?
« — C'est mon maître, » répond l'ancien Éliézer.
Rébecca dont le front était à découvert
Laisse tomber son voile, et lentement s'avance
Vers Isaac. Bientôt tous sont en sa présence.
Éliézer s'incline et lui dit simplement
La cause et les détails de cet événement.
Isaac par la main conduit la jeune fille,
L'introduit avec joie au sein de la famille,
Il l'épouse, et l'amour qui brûla dans son cœur
Pour Rébecca, lui fit oublier la douleur
Dont l'avait accablé le trépas de sa mère ;
Tellement Rebecca sut l'aimer et lui plaire.

Sentant sa fin prochaine, Abraham fit venir
Isaac près de lui ; sur le point de mourir
Il lui donna ses biens ; mais à son héritage
Admit ses autres fils. Ils eurent en partage
Des terres et des champs placés vers l'Orient.
Isaac se fixa du côté d'Occident.
Quand Abraham finit sa longue et sainte vie
De cent et soixante ans, sa dépouille chérie
Par ses deux fils aînés, Isaac, Ismaël,
Au tombeau fut remise ; et le grand Dieu du ciel
S'approchant d'Isaac venant sur le lieu même
Où son père et sa mère avec un soin extrême
Avaient été placés, lui parla, le bénit,
Et lui renouvela tout ce qu'il avait dit
A son père Abraham, si soumis, si fidèle.
Il reçut comme lui sa promesse éternelle.
Sa femme Rébecca ne pouvait enfanter ;

Isaac supplia Dieu de la visiter,
De lui donner un fils ; sa bonté généreuse
Voulut en donner deux à cette mère heureuse.
Mais elle les sentit se choquer dans son sein,
Elle en fut triste, hélas! en eut un grand chagrin.
Elle consulta Dieu... Le Seigneur fit répondre
Qu'elle se rassurât ; qu'il ne voulait confondre
Ses vœux ni son espoir, et qu'elle enfanterait
Deux peuples, dont l'aîné le cédant au cadet,
Serait son serviteur, son sujet, son esclave.
Rébecca qui jugeait cet accident plus grave,
Rendit grâce au Seigneur, attendit le moment
Où devait arriver son double enfantement.

Récit XII.

JACOB ET ÉSAÜ.

—

Ésaü vint au monde avant Jacob, son frère ;
Mais celui-ci de près le suivant par derrière,
Le tenait par le pied, prophétisant qu'un jour,
Il le supplanterait sans grâce, sans retour.
Quand ils eurent grandi, l'aîné marqua du zèle
Et du goût pour la chasse : il prit en main la pelle,

Employa la charrue et tous les instruments
Dont on se sert partout pour cultiver les champs.
Il passait au dehors les instants de sa vie.
Mais *Jacob,* préférant la douce compagnie
De sa mère, restait toujours à la maison,
L'aidant dans ses travaux, fuyant avec raison
Le vice et les dangers d'une molle paresse.
Sa mère *Rébecca* l'aimait avec tendresse.
Ésaü de son père eut toute l'amitié,
Parce qu'il lui portait chaque jour du gibier
Qu'il savait préparer avec un art extrême ;
Et de ses propres mains il le servait lui-même.
Esaü vint un soir, n'en pouvant plus de faim ;
Et Jacob par hasard, sans ruse ni dessein,
S'était fait pour lui-même un ragoût délectable
De lentilles, dit-on. Il se mettait à table.
Ésaü lui demande, et le prie instamment
De lui céder ce plat. — « Très-bien, mais seulement,
« Lui répondit *Jacob,* je veux ton droit d'aînesse,
« En retour de ce plat. — Je t'en fais la promesse.
« — Tu me le cèdes ? — Oui. — Va, ce mets t'appartient :
« Je suis l'aîné, ma mère, et mon frère en convient. »
Rébecca fut témoin, prit acte de la chose
Très-sérieusement, quelle qu'en fût la cause.
Isaac vieillissait, s'approchait du tombeau.
Ses yeux ne voyaient plus : — « Va me prendre un chevreau,
« Dit sa mère à Jacob... » (*Esaü* pour la chasse
Venait de partir seul, emportant sa besace.)
« Va, car je veux me faire un ragoût excellent
« Tel que ceux qu'*Esaü* prépare avec talent
« Et qu'il porte à son père. Aujourd'hui c'est toi-même
« Qui le lui serviras. Va, mon enfant, je t'aime.

2.

« Puis tu demanderas sa bénédiction,

« Comme son fils aîné, sans hésitation.

« — Mais, ma mère, la main de mon frère elle est rude ;

« La mienne est blanche et douce ; et sans autre prélude

« Mon père, en me touchant, il me reconnaîtra ;

« Sa bénédiction, il la refusera. »

—Non, *Jacob*, obéis. De la peau hérissée

« D'un chevreau, pour ta main sera bientôt tressée

« Une enveloppe rude, et ton père aussitôt

« Te bénira, mon fils, au nom du Dieu Très-Haut. »

Jacob fait tout ce que sa mère lui commande ;

Il va trouver son père. *Isaac* lui demande

S'il est bien Ésaü. — « Père, je suis l'aîné.

« — Comment se fait-il donc que tu sois retourné

« Plus tôt qu'à l'ordinaire aujourd'hui de la chasse ?

« — Ah ! c'est que le Seigneur, père, m'a fait la grâce

« De rencontrer bientôt ce que je désirais.

« Mangez donc de ma chasse, et puis me bénissez. »

Isaac se restaure ; à la fin il lui donne

Sa bénédiction légime et très-bonne.

Il l'établit le chef et le dominateur

D'Esaü, qui sera son humble serviteur ;

Et des peuples aussi qui de lui doivent naître.

Mais à peine Jacob vient-il de disparaître,

De quitter Isaac, que son frère *Esaü*

Accourt, se précipite, hors d'haleine, éperdu.

Sachant ce que *Jacob* contre lui vient de faire,

Il se jette à genoux en suppliant son père

Qu'il veuille bien aussi lui-même le bénir

Isaac aussitôt, sans le laisser finir :

« Je ne puis pas, dit-il, ce que tu me demandes.

« Tes plaintes, je le crois, tes alarmes sont grandes.

« Si ton frère a reçu la bénédiction
« Du Ciel et du Seigneur, en compensation
« Je te donne, mon fils, les produits de la terre.
« Elle sera pour toi fertile ; crois, espère.
« Console-toi, mon fils, car tu t'engraisseras
« Des fruits de ton labeur, le temps que tu vivras. »

Récit XIII.

JACOB SE REND CHEZ LABAN, SON ONCLE.

Ésaü se voyant supplanté par son frère,
Jura de se venger à la mort de leur père.
Mais Jacob s'en alla bientôt de Chanaan :
Sa mère l'envoya chez son oncle *Laban*.
Isaac le voulut, et *Jacob* de la sorte
Put fuir, et se soustraire à la haine si forte
D'Ésaü, qui quitta lui-même son pays,
Alla chez *Ismaël*, son oncle, vis-à-vis.
Il s'unit aussitôt à l'une de ses filles,
Et fut le fondateur de nouvelles familles...
Une nuit que *Jacob*, fatigué du chemin,
Dormait sur une pierre, il aperçut soudain
Une échelle de feu qui partait de la terre,

Et touchait jusqu'au ciel, à travers l'atmosphère.
Les anges du Seigneur montaient et descendaient,
Et sur les échelons toujours se succédaient.
Enfin, il entendit du haut de cette échelle
La voix du Dieu Très-Haut qui criait : « Sois fidèle,
« D'Abraham, d'Isaac, je suis le protecteur ;
« C'est moi qui suis leur Roi, leur Maître, leur Seigneur,
« En toi, je veux bénir, dans la suite des âges,
« Toutes les nations ; des plus grands avantages,
« Et des grâces du ciel les remplir, les combler :
« A cette œuvre je viens aujourd'hui t'appeler.
« Promets de m'adorer ; je te serai fidèle ;
« Et reçois pour garant ma parole éternelle. »
Jacob tout étonné se réveille en sursaut.
En lui-même il se dit : « C'est ici du Très-Haut
C'est ici du Seigneur la maison, la demeure ;
C'est la porte du ciel ? » Il élève à cette heure
Un autel dans ce lieu, puis promet au Seigneur
De lui donner sa foi, de lui donner son cœur,
S'il veut dans son chemin le guider, le conduire,
Et puis le ramener. Il part, il se retire ;
Il poursuit son chemin, arrive dans un champ,
Aperçoit des bergers près d'un puits ; sur-le-champ
Il s'avance vers eux, simplement leur demande
S'ils connaissent Laban, si la distance est grande
Pour aller de ce lieu jusque dans sa maison.
Les bergers aussitôt lui répondent que non.
« Voici, lui disent-ils, une jeune bergère
« Qui conduit ses troupeaux, et Laban est son père. »
—Rachel, c'était son nom. Jacob reste, l'attend ;
Elle arrive, il lui dit le sien, et se suspend
Avec joie à son cou ; en pleurant il l'embrasse,

Il s'approche du puits. Il ôte et débarrasse
La pierre qui le ferme, abreuve le troupeau
De sa jeune cousine, et vient à son hameau.
Laban le reconnaît, le baise, le caresse ;
Et *Jacob* à son tour se dépêche, s'empresse
D'expliquer à *Laban* le motif, le sujet
De ce voyage heureux ; lui dit qu'il se soumet
A tout ce qui pourra le contenter, lui plaire,
A garder ses troupeaux... Mais qu'enfin il espère
Avec son agrément, prendre, épouser Rachel ;
Que c'est assurément la volonté du ciel.
Son oncle lui répond qu'il doit encore attendre
Sept ans, et le servir, avant que de prétendre
A la main de Rachel ; que ce temps écoulé,
Rachel sera pour lui... Jacob est consolé !
A partir de ce jour, il entreprend la garde
Des troupeaux de son oncle, et Laban le regarde,
Non comme un serviteur, mais comme un bon parent,
Et comme l'un des siens, le met au même rang.

Récit XIV.

SÉJOUR DE JACOB CHEZ LABAN. — SON RETOUR.

—

Jacob ayant servi son oncle la durée
De sept ans révolus, la parole jurée

Devait sans faute avoir son accomplissement.
Mais Laban ne tint pas compte de son serment.
Au lieu de lui donner Rachel de sa famille
La plus belle, il donna Lia, son autre fille,
L'aînée, en vérité, la première des deux,
La moins avantagée ; elle souffrait des yeux.
Laban dit à Jacob : « Ici c'est notre usage
« De marier d'abord les premières par l'âge.
« Ainsi : sept ans encor vous devez me servir,
« Puis vous aurez Rachel selon votre désir. »
Jacob consent à tout, sert encor sept années
Chez son oncle Laban. Lorsqu'elles sont sonnées,
Il épouse Rachel, et de contentement,
S'engage envers son oncle, et lui fait le serment
De garder ses troupeaux pendant sept ans encore.
Or Jacob se levait le matin dès l'aurore ;
Il supportait du jour le poids et la chaleur ;
Il endurait des nuits la plus vive fraîcheur.
Pour ses peines Laban, homme dur, homme avare
(Tant l'intérêt aveugle, et la richesse égare),
Ne voulait presque rien lui donner en retour :
Il changeait là-dessus son pacte chaque jour.
Le Seigneur protégea son serviteur fidèle.
Quand Laban convenait, pour la saison nouvelle,
De donner à Jacob les produits variés
Des brebis, des agneaux ; par Dieu multipliés,
Ces produits chaque fois venaient grossir le nombre
Des troupeaux de Jacob. Laban, jaloux et sombre,
Disait que des petits d'une seule couleur,
Blanche ou brune, Jacob deviendrait possesseur.
Il croyait, en changeant aussitôt sa tactique
L'emporter sur *Jacob :* toute sa politique

Ne lui servit de rien ; et Jacob s'enrichit,
Car Dieu multipliait tous les ans son profit.
Mais son oncle Laban en eut un tel ombrage,
Qu'il ne put avec lui demeurer davange.
Forcé de le quitter, emmenant ses troupeaux,
Ses femmes, ses enfants à travers les coteaux,
Jacob partit la nuit, il partit en cachette ;
Laban le poursuivit. Or sa fille cadette
Avait pris à dessein les idoles de bois
Que son père adorait. Fâché tout à la fois
Du départ de Jacob et du vol de sa fille,
Lorsqu'ils les eut atteints, ainsi que leur famille,
Il gourmanda son gendre, et Rachel sut cacher
Son habile larcin. Laban n'osa toucher
Aux troupeaux de Jacob, respecta sa personne.
Dieu l'avait menacé ; — (jamais Dieu n'abandonne
Celui qui s'est remis à sa protection) ;
Dieu l'avait menacé de l'indignation
Et du courroux du ciel, s'il osait dire ou faire
Quelque chose qui pût le blesser, lui déplaire.
Laban fit à Jacob de sensibles adieux,
Embrassa ses enfants, ses petits-fils nombreux.
Avant de se quitter, ils signèrent un pacte,
Plantèrent une borne, et firent un grand acte,
S'engagèrent ensemble à ne jamais passer
La limite, le point qu'ils venaient de tracer.
Ce fut à Galaad par delà le grand fleuve,
Et sur l'un des coteaux que le Jourdain abreuve
Qu'ils passèrent tous deux ce contrat solennel,
En prenant à témoin le puissant Dieu du ciel.

Récit XV.

RÉCONCILIATION DE JACOB ET D'ÉSAÜ.

—

Jacob n'était plus loin du pays de son père,
Quand des gens tout émus lui disent que son frère,
Qu'Ésaü vient à lui, transporté de courroux,
Qu'il vient pour les piller, les exterminer tous.
Jacob s'adresse à Dieu, puis attend la venue
De son frère irrité. Pourtant il distribue
En trois bandes ses gens, ses femmes, ses troupeaux.
Dans la dernière il met les enfants, les agneaux ;
Voulant par ce moyen les soustraire à la rage
De son frère Ésaü, s'il ne peut davantage...
Mais le Seigneur prévint les coups de sa fureur,
Et lui dit que lui-même il serait le vengeur
De son frère Jacob, s'il osait entreprendre
De lui causer du mal ; qu'il le lui ferait rendre
Au centuple... Ésaü suivit l'ordre de Dieu ;
Fit mourir dans son cœur la haine au même lieu
Dans lequel il le vit, entendit ses paroles.
Dieu, pour tirer Jacob de ses craintes frivoles,
Sous la forme d'un ange, et pendant son sommeil,
Dieu lutta contre lui jusques à son réveil,
Par lui se laissa vaincre ; et Jacob de la sorte
Prévalut contre Dieu... Dès ce moment il porte
Le surnom d'Israël... Après la vision,
Ésaü vient à lui sans indignation,

Sans colère et sans fiel; il le prend, il l'embrasse.
A force de bontés bientôt il l'embarrasse.
Jacob revient joyeux sur le sol paternel;
Il rend grâce au Seigneur, et lui dresse un autel.
Ésaü près de lui, puissant, plein de richesse,
Ne put rester longtemps... On se fit la promesse
De vivre en bon accord tout en se séparant;
Jacob eut le couchant, Ézaü l'orient.
Cependant Isaac, plein de jours et d'années,
Avait enfin subi les tristes destinées
De tout homme en ce monde. A cent quatre-vingts ans
Il mourut. Ézaü, Jacob, ses deux enfants,
Avec tristesse et deuil le mirent dans la tombe
Où va s'évanouir tout mortel qui succombe
Ici-bas à son sort. Avant lui Débora,
Suivante de Rachel, dans ces lieux expira.
L'épouse de Jacob était morte elle-même
Après cette dernière, et dans le mal extrême
D'un dur enfantement. Accablé de douleur,
Jacob ne put jamais oublier ce malheur.
Il habita longtemps le pays de ses pères,
Éleva des autels, dressa des sanctuaires
Pour honorer le Dieu qui règne dans le ciel,
Et qui le protégeait. A Salem, à Béthel,
Il invoqua le nom de ce tout-puissant maître,
Qui voulut bien encor le bénir, lui promettre
Qu'il deviendrait un jour le chef de nations
Et de peuples nombreux; que dans les régions
Dont il foulait le sol, se répandrait sa race,
Et qu'il le comblerait de ses dons, de sa grâce.
Jacob avec respect écouta le Seigneur,
Lui promit qu'il serait toujours son serviteur.

3

Récit XVI.

LES DOUZE FILS DE JACOB.

—

Jacob eut onze fils en Mésopotamie;
Le douzième fit perdre à sa mère la vie
Quand il parut au monde : il eut nom *Benjamin.*
Le premier né de tous fut appelé *Ruben;*
Le second *Siméon,* et *Lévi* le troisième.
Vint ensuite *Judas. Dam* fut le quatrième.
Puis vinrent *Gad, Azer, Issachar,* Zabulon.
Joseph l'avant-dernier fait la conclusion.
Il fut le bien-aimé, le chéri de son père,
Qui pour le distinguer des autres, lui fit faire
Une robe où brillaient les plus vives couleurs :
Mais ses frères pour lui n'en furent pas meilleurs.
Il excita de plus leur haine, leur envie;
Il se fit accuser d'orgueil et de folie,
Parce qu'il racontait certaines visions
(Se prétendant exempt et pur d'illusions),
D'où ses frères devaient conjecturer, conclure
Son élévation et sa gloire future.
Il leur disait ainsi que, pendant son sommeil,
Onze étoiles, un jour, ainsi que le soleil,
Afin de l'adorer devant lui s'inclinèrent.
Ses frères à Jacob dirent et rapportèrent
Ces discours de Joseph; son père le blâma,
Dit qu'il ne devait pas conter ces choses-là.

Mais, il avait encor dit devant tous ses frères
Qu'une nuit, éclairé des plus vives lumières,
Pendant qu'ils faisaient tous leurs gerbes dans un champ,
En songe, il vit les leurs se rangeant, se penchant,
Comme pour l'adorer, tout autour de la sienne...
Leur âme débordait de fureur et de haine.
Même auprès de son père il avait accusé
(Contre ceux-ci Jacob fut surtout courroucé),
Trois ou quatre d'entre eux d'actions détestables.
Ses frères envers lui furent inexorables.
Un jour, comme ils gardaient ensemble les troupeaux,
Ils le virent venir à travers les coteaux,
Et se dirent entre eux : C'est Joseph notre frère !...
Voici notre songeur, ah ! nous allons lui faire
Ce qu'il mérite bien. Nous le mettrons à mort :
« Non, répartit *Ruben*, en lui faisant ce sort,
« Nous souillerions nos mains d'un crime trop horrible ;
« Et notre âme à ce point ne peut être insensible.
« Il est une citerne ici, près de ces lieux ;
« Enfermons-y Joseph ; ce sera moins affreux. »
Ruben ayant parlé, ses frères partagèrent
Aussitôt son avis, ils prirent, attachèrent
Joseph, et de sa robe aussi le dépouillant,
Ils le firent descendre en ce puits tout vivant.
Ruben avait usé de prudence et d'adresse ;
Il voulait secourir Joseph dans sa détresse.
Ses frères ayant vu des marchands qui passaient
Par hasard en ces lieux, et qui se dirigeaient
Vers l'Égypte, Judas à tous leur fit entendre
Qu'il était moins cruel, moins affreux de le vendre,
Plutôt que de le voir mourir dans cet endroit.
Le prix est convenu ; les marchands, pour leur droit,

Leur donnent aussitôt vingt pièces de monnaie,
En bon argent, l'affaire est ainsi terminée.
Afin de s'excuser sur cet événement,
Et pour qu'on ne les pût soupçonner nullement,
Les frères de Joseph trempèrent sa tunique
Dans le sang d'un chevreau, dirent par politique
A leur père Jacob, qu'un cruel animal,
En dévorant Joseph, avait fait tout le mal.
Jacob crut ses enfants, versa beaucoup de larmes,
Protesta qu'il serait toujours dans les alarmes ;
Que la mort de *Joseph* était de tous ses maux
Le plus grand, qu'il vivrait à jamais sans repos.

Récit XVII.

JOSEPH EN ÉGYPTE.

—

Joseph à *Putiphar*, grand par sa renommée,
Prince de Pharaon, et chef de son armée,
Joseph à ce seigneur illustre fut vendu.
Putiphar de *Joseph* eut bientôt reconnu
La prudence, l'esprit, le zèle et la sagesse.
Il s'appliquait à tout, il fuyait la paresse ;
Il se montrait toujours calme et judicieux.

Son maître *Putiphar* ne pouvait faire mieux
Que de lui confier le soin et l'intendance
De toute sa maison. Et de sa confiance
Joseph n'abusa pas. Un jour que Putiphar
S'était de son palais absenté par hasard,
Joseph se trouvant seul en face de sa femme,
Il fut sollicité par cette épouse infâme.
Comme Joseph fuyait, de force elle retint
Son manteau dans ses mains. Quand *Putiphar* revint,
Elle le lui montra, lui dit qu'en son absence,
Joseph avait voulu lui faire violence.
Putiphar renvoya *Joseph* de sa maison,
Sans pitié le fit mettre aussitôt en prison.
Joseph dans les cachots ne fut ni moins honnête
Ni moins sage ; et le chef l'ayant mis à la tête
Des autres détenus, un jour le panetier
Et l'échanson du roi vinrent lui confier
Qu'ils avaient eu tous deux pendant la nuit un songe.
L'échanson dans ses mains pressait comme une éponge
Des grappes de raisin sur la coupe du roi.
L'autre avait sur sa tête, emportait avec soi
Des pains et des gâteaux préparés à merveille,
Que les oiseaux du ciel mangeaient dans sa corbeille.
Il dit à l'échanson que, le troisième jour,
Il serait rétabli dans sa charge à la cour ;
Que Dieu le lui montrait, et qu'il pouvait le croire ;
Que de ce bon office il gardât la mémoire.
Il dit au panetier que, dans le même temps,
On livrerait son corps aux oiseaux dévorants.
L'événement bientôt démontra par lui-même
Qu'il s'exprimait d'après la volonté suprême.
Deux ans s'étant passés, le grand roi Pharaon

La nuit dans son palais eut une vision.
Il contempla d'abord sept épis magnifiques
Qui furent dévorés par sept autres étiques.
Se retournant ensuite, il vit près d'un marais
Sept vaches qui paissaient sur un gazon épais,
Et pleines d'embonpoint; lorsque sept vaches maigres,
Sortant de ce marais, impatientes, aigres,
Dévorèrent les sept grasses dans un clin d'œil.
Pharaon s'éveilla l'âme pleine de deuil.
Il fait venir bientôt ses devins et ses mages
Qui ne sont pas assez clairvoyants, assez sages
Pour expliquer le songe... Alors notre *échanson*
Se souvient de *Joseph*, en parle à *Pharaon.*
Pharaon fait venir *Joseph* en sa présence.
Il admire d'abord son calme et sa prudence,
Lui dit de s'exprimer franchement, sans détour.
Joseph répondit donc que Dieu lui faisait jour,
Qu'il le favorisait de sa propre lumière
Pour trouver à ce songe une version claire.
« Les sept vaches en graisse et les sept épis pleins
« Vous annoncent, d'après les oracles divins,
« Sept ans consécutifs d'une abondance extrême.
« Les sept autres épis, les sept vaches de même
« Marquent sept autres ans d'une stérilité
« Très-grande également. Roi, c'est la vérité.
« Parmi tous vos sujets choisissez donc un homme
« Habile et prévoyant, qui dans votre royaume,
« Entasse chaque jour dans d'immenses greniers
« Le superflu des blés, pendant sept ans entiers,
« Afin que quand viendront les sept ans de disette,
« La provision soit abondante et complète.
« — Mais, répondit le roi, qui pourrais-je choisir

« Qui sût mieux que Joseph pourvoir à l'avenir ?... »
Près de lui dès cette heure, il le mit sur son trône,
Environna son front d'une auguste couronne,
Lui mit l'anneau royal, et quand son char passait,
Après lui le second, chacun le saluait.

———oo❧oo———

Récit XVIII.

LES FRÈRES DE JOSEPH EN ÉGYPTE.

D'après ce que *Joseph* avait dit, sept années
D'abondance à l'Égypte ayant été données,
La disette y dura pendant un temps égal.
Grâce aux soins de *Joseph*, elle y fit peu de mal.
Pour acheter du blé, les habitants portèrent
D'abord tout leur argent, puis enfin ils donnèrent
Leurs troupeaux et leurs champs. Si bien que Pharaon
Des biens de ses sujets fit l'acquisition.
La famine régnant dans les autres contrées,
Des lieux voisins, on vint acheter des denrées
Dans le pays d'*Égypte;* et ceux de *Chanaan,*
Pour en avoir aussi, portèrent leur argent.
Joseph reconnut bien, mais accueillit ses frères
Très-durement d'abord. De paroles amères
Il les accabla tous, les traita d'espions;
Condamna leur démarche et leurs intentions.
Il garda *Siméon*, le second, en ôtage :

Et comme Benjamin, dernier de tous par l'âge,
N'était point avec eux, il leur recommanda
De l'amener bientôt. *Joseph* les enferma
L'espace de trois jours avant de leur permettre
De retourner chez eux. Enfin, ayant fait mettre
Leur argent dans les sacs, il les laissa partir.
Ceux-ci, si maltraités, durent se repentir
De ce qu'ils avaient fait autrefois à leur frère.
Ils se disaient entre eux que Dieu, dans sa colère,
Voulait les châtier de leur ancien forfait.
Chacun, en s'en allant, pleurait, se lamentait...
Quand la provision du blé fut épuisée,
Jacob, quoique en ayant l'âme toute brisée,
Avec eux dut laisser partir son Benjamin ;
Il dut le confier à leur aîné *Ruben*.
Les frères de *Joseph* en Égypte emportèrent
Double somme d'argent. Et quand ils arrivèrent,
Benjamin, avec eux, parut devant Joseph,
Présenté par Ruben, leur frère aîné, leur chef.
Joseph, en le voyant, sentit venir les larmes ;
Il sortit un moment. (Dans de justes alarmes,
Ses frères demeuraient mornes, silencieux.)
Mais il rentra bientôt, ayant séché ses yeux.
Il leur fit préparer un festin magnifique.
Puis, avant leur départ, il dit au domestique
Chargé d'emplir les sacs, d'y remettre l'argent.
Il lui dit d'enfermer sa coupe également
Dans le sac du plus jeune. A peine ils sont en route,
Qu'un courrier vient sur eux, leur dit : « Sans aucun doute,
« L'un de vous à mon *maître* a pris sa coupe d'or. »
Tous démentent ce fait, s'excusent de ce tort.
L'envoyé de *Joseph* procède à la visite

Des sacs qu'ils emportaient ; il les ouvre au plus vite,
La trouve dans celui du jeune Benjamin,
Qu'il veut ramener seul. Mais aussitôt Ruben
Répond qu'ils doivent tous retourner vers son maître,
Si leur frère est coupable ; et tous ils vont se mettre,
Surpris et consternés, à sa discrétion.
Mais *Joseph*, en voyant leur désolation,
Ne peut plus, devant eux, feindre, se contrefaire.
Il leur dit en pleurant : « Oui, je suis votre frère ;
« Je suis votre Joseph... me reconnaissez-vous ?
« Calmez-vous, ne craignez nullement mon courroux ;
« C'est du fond de mon cœur qu'à tous je vous pardonne.
« La santé de Jacob, mon père, est-elle bonne ?
« Vous irez le rejoindre, et le ramènerez.
« En Égypte avec lui bientôt vous reviendrez.
« Dites-lui que son fils *Joseph* est plein de vie,
« Que Dieu l'a fait aller dans une autre patrie,
« Pour le sauver lui-même avec tous ses enfants...
« Repartez, maintenant, joyeux et triomphants ! »

Récit XIX.

JACOB EN ÉGYPTE AVEC TOUTE SA FAMILLE.

Joseph s'était hâté de présenter ses frères
Au grand roi *Pharaon*, qui voulut qu'en ses terres

3.

Tous avec leurs enfants, et leur père à la fois,
Ils vinssent s'établir, en leur laissant le choix
Du pays où seraient les plus gras pâturages,
Pour leurs nombreux troupeaux, dans ces vastes parages.
Il leur donna des chars pour mener leur butin.
Ils vinrent se fixer au pays de Gessen.
Or ils étaient en tout deux fois trente-cinq âmes,
Enfants, petits-enfants, sans comprendre les femmes.
Israël par son fils au roi fut présenté.
Pharaon confirma par son autorité
Le choix qu'il avait fait, lui donna le domaine
Des terres et des champs, la jouissance pleine
De tous les revenus, pour lui, pour ses enfants,
Pour son peuple à venir, sans limite de temps.
Jacob avait vécu déjà cent trente années ;
Et cent cinquante en tout lui furent accordées.
Il fit venir Joseph avant que d'expirer,
Afin qu'il lui promît de ne point l'enterrer
Au pays de Gessen, dans l'Égypte étrangère,
Mais de le transporter au pays de son père.
Il bénit ses deux fils Éphraïm, Manassès.
Près de son lit *Josehp* les avait amenés.
Bien plus, *Jacob* voulut les adopter, les prendre
En qualité d'enfants, c'est ce qu'il fit entendre
A Joseph, et dès lors avec ses douze fils,
Manassès, Éphraïm furent tous deux compris.
Il prédit à chacun ce que la Providence
Voulait faire par eux, et pour leur descendance,
Dans les siècles futurs. « Toi, dit-il à *Juda*,
« Par-dessus tous mes fils, ta gloire prévaudra.
« *C'est de toi que doit naître et venir le Messie*
« *Quand tu ne seras plus le roi de ta patrie.* »

Jacob rendit son âme au puissant roi des cieux ;
Ses enfants réunis lui fermèrent les yeux.
Pendant quarante jours ensemble ils le pleurèrent.
Au pays de *Sichem* tous ils l'accompagnèrent,
Et près de ses aïeux le mirent au tombeau,
Sous la protection, à l'ombre du Très-Haut.
De retour en Égypte, ils virent de leur race
Les germes s'augmenter par la divine grâce.
Ils furent si nombreux en moins de deux cents ans,
Que les Égyptiens en devinrent tremblants.
On les nommait Hébreux, d'Héber, un de leurs pères.
On ne se souvint plus de Joseph, de ses frères.
On ne voyait en eux qu'un peuple d'ennemis,
Menaçant chaque jour d'envahir le pays.
Un Pharaon terrible eut enfin la couronne ;
Il jura par son nom, par les dieux, par son trône,
D'exterminer bientôt les enfants des Hébreux.
Il les persécuta, les rendit malheureux ;
Les employa d'abord à des travaux pénibles,
Infligeant aux mutins des châtiments terribles.
Il leur fit élever *Philom* et *Ramessés*,
Qui devinrent plus tard deux très-grandes cités.
S'apercevant pourtant que la faim et les peines
Dont il les affligeait devenaient toutes vaines ;
Et que le peuple hébreux augmentait tous les jours,
Pour interrompre enfin, pour arrêter le cours
De ce progrès fatal, il dit aux sages-femmes
D'étouffer au berceau, de ces *Hébreux infâmes*
Les enfants qui seraient du sexe masculin.
Mais celles-ci craignant que le courroux divin
Ne s'abattît d'en haut, et ne tombât sur elles,
Si leurs mains devenaient à ce point criminelles,

Ce moyen ne servit de rien à Pharaon,
Qui, rempli de colère et d'indignation,
Décréta l'ordre affreux, que tous les enfants mâles
(O mesure cruelle et des plus infernales!)
Seraient précipités dans le fleuve du Nil.
Ainsi dit Pharaon, ainsi l'ordonna-t-il.

Récit XX.

MOÏSE.

—

Le peuple des Hébreux ne pouvait se soustraire
A l'ordre de noyer les enfants. Une mère
Pourtant ne voulut pas faire jeter dans l'eau
Son enfant nouveau-né, tant il paraissait beau ;
Et fut pour le garder trois mois assez habile.
Le cacher plus longtemps, c'eût été difficile.
Or voici le moyen dont elle se servit.
Le père de l'enfant descendait de *Lévi*.
« Dans un berceau construit en forme de nacelle,
« Et tout enduit de poix, je mettrai, se dit-elle,
« Cet enfant gracieux, si cher à mon amour,
« Et je l'exposerai, quand paraîtra le jour,
« Sur l'un des quais du fleuve, à l'endroit où la fille

« Du grand roi Pharaon vient avec sa famille
« Souvent se promener. Elle l'apercevra ;
« Comme son cœur est bon, elle le sauvera. »
Puis parlant à sa fille : « Et toi, près de la rive,
« Tu resteras toujours vigilante, attentive.
« La princesse voudra quelqu'un pour le nourrir ;
« Tu lui conseilleras de me faire venir... »
Or tout le lendemain se passa de la sorte.
Moïse, c'est le nom de l'enfant ; il importe
De le dire en ce lieu, de le faire savoir ;
Il était des Hébreux le salut et l'espoir !
Dans le palais du roi ce fut sa propre mère
Qui le nourrit ; et puis, grandissant, il sut plaire
Au monarque d'Égypte : il le fit élever
Comme l'un de ses fils quoiqu'il fût étranger.
Moïse à quarante ans de la maison royale
S'en alla, pour rentrer dans sa tribu natale.
Comme un Égyptien battait un des Hébreux,
Un certain jour, il vint, il s'avança près d'eux.
Il tua le premier, le cacha sous le sable.
Le lendemain il vit, chose bien détestable,
Deux frères, deux Hébreux entre eux se quereller,
Il s'approcha soudain, vint pour les séparer.
Mais l'un des deux lui dit : « Tu voudrais donc peut-être
« M'exterminer aussi, me faire disparaître,
« Comme tu mis à mort un pauvre Égyptien
« Hier au milieu des champs ? » Moïse comprit bien
Qu'il ne pourrait jamais éviter la colère
Du grand roi Pharaon. Afin de s'y soustraire,
Il partit de l'Égypte et vint à *Madian*,
Du côté du désert, allant vers l'Orient.
Près d'un puits, des bergers repoussaient sans clémence

Les filles de *Jéthro;* mais pour leur délivrance
Moïse vient, accourt, chasse ces jeunes gens,
Les repousse bien loin. Il aide en même temps
Les filles à tirer toute l'eau nécessaire
Pour assouvir la soif des troupeaux de leur père,
Jéthro, dit *Raguel,* était de ce pays
Le prêtre et le pontife. Or, dès qu'il eut appris
Que Moïse avait fait cette action louable,
Il le retint chez soi. D'une façon aimable
Il lui fit épouser sa fille *Séphora.*
Moïse à le servir alors se dévoua.
Mais il ne devait pas passer toute sa vie
Dans cet état, et loin de ceux de sa patrie.
Dans le désert, un jour qu'il gardait les troupeaux,
Non loin du mont Horeb, sur les voisins coteaux;
A ses yeux étonnés il vit soudain paraître
Un buisson tout en feu. Pour juger, pour connaître
Cet objet curieux, il vint, il s'approcha.
Tout saisi de respect alors il détacha
Ses souliers de ses pieds. « C'est une terre sainte,
« Que tu foules, lui dit une voix... Foi et crainte! »
(Or c'était le Seigneur qui lui parlait ainsi.)
« Je *suis* celui qui *est;* entends, approche ici.
« D'*Abraham,* d'*Isaac,* de *Jacob,* de tes pères
« Je suis le protecteur. Va délivrer tes frères
« Écrasés par le poids du joug égyptien.
« Oui, c'est moi qui t'envoie; apprends, sache-le bien. »

————o-o◦○◦o-o————

Récit XXI.

LES PLAIES D'ÉGYPTE.

—

Moïse refusait au Seigneur d'entreprendre
Le salut des Hébreux ; Dieu, sans vouloir l'entendre,
Dit que s'il n'était pas habile à bien parler,
Par son frère *Aaron* il se ferait aider ;
Et qu'il leur donnerait à tous deux sa puissance,
Pour surmonter du roi l'injuste résistance.
Moïse se soumet, il part de Madian,
Emmenant sa famille ; Aaron vient devant.
Son frère lui transmet la volonté divine :
Il l'accepte ; avec lui bientôt il s'achemine
Vers le palais du roi. Tous deux à Pharaon
Font connaître l'objet de cette mission.
Au même instant le roi s'indigne, se récrie,
Leur dit que ce projet n'est que pure folie,
Qu'il n'y veut accéder ; qu'il ne veut consentir
A livrer les Hébreux, à les laisser partir.
« Dieu le veut cependant, lui répondit Moïse ;
« Et si sa volonté de vous n'est point comprise,
« Attendez de sa part un affreux châtiment. »
Puis, étendant sa verge, il la change en serpent.
Aussi par les devins une verge est changée
En serpent, mais elle est au même instant mangée
Par celle de Moïse... — Eh bien, lui dit le roi,
Mes gens ne sont-ils pas aussi puissants que toi ?...

Pharaon s'endurcit... Reprenant sa baguette
Moïse au bord du Nil avec le roi s'arrête ;
La plonge dans les eaux qui se changent en sang.
Les mages, les devins ont l'air d'en faire autant :
Pendant sept jours entiers personne ne peut boire
L'eau du fleuve du Nil. Pharaon parut croire,
Et se soumettre enfin à l'ordre du Seigneur.
Moïse rendit donc aux ondes leur couleur.
Mais *Pharaon* changea tout à coup de pensée.
De Moïse la main sur l'eau s'étant posée,
Il en vint un essaim vraiment prodigieux
De grenouilles, allant, sautant dans tous les lieux,
Les places, les maisons, les villes, les campagnes,
Des habitants d'Égypte importunes compagnes.
Pharaon dit bientôt qu'il laisserait partir
Les enfants des Hébreux. A son faux repentir
Moïse ajoute foi. Les grenouilles moururent :
Mais, ce fléau fini, les moucherons parurent
(Car le roi se dédit), et les mouches après,
Les hommes, les bestiaux en étaient torturés.
Aux Égyptiens seuls ces maux portaient atteinte ;
Et les Hébreux vivaient sans douleur et sans crainte.
Leur Dieu les protégeait... Sur tous les animaux
Une peste tomba. Les deux tiers des troupeaux
Par l'effet de ce mal en peu de temps périrent.
Des ulcères affreux après cela se firent
Sur les hommes ; encor les chevaux, les juments
Reçurent ce fléau, souffrirent ces tourments.
Moïse dit au roi qu'un orage effroyable
Éclaterait bientôt ; qu'affreuse, impitoyable,
La grêle éclaterait au dehors, sur les champs,
Les plantes, les moissons, les bêtes et les gens.

Quand ce fléau parut (tant il était extrême),
Le roi fit appeler Moïse au moment même.
Encore cette fois Pharaon le trompa.
Moïse aidé de Dieu, par son ordre évoqua,
Fit venir du désert d'énormes sauterelles
Qu'un vent brûlant poussait. De leurs pieds, de leurs ailes,
Sautillant et volant, partout se répandant,
Elles eurent couvert l'Égypte en un moment.
Dans les prés, dans les champs, ces insectes mangèrent
Les herbes et les fruits ; même à peine ils laissèrent
Aux arbres leur écorce... Mais *Pharaon* toujours
Promettait sans tenir. L'espace de trois jours
Moïse enveloppa dans d'épaisses ténèbres
Le pays tout entier ; et les tombeaux funèbres
Paraissaient moins obscurs que les appartements
Où les Égyptiens se tenaient tout tremblants,
N'osant faire un seul pas. — Enfin dans sa colère
(De toutes les douleurs ce fut la plus amère),
Dieu fit venir du ciel l'ange exterminateur,
Qui tenant dans sa main un glaive immolateur,
En perça, sans pitié, distinction aucune,
Parcourant les maisons, les prenant une à une,
(C'était dans une nuit, nuit d'horreur et d'effroi.)
Tous les fils premiers-nés, depuis le fils du roi
Jusqu'au fils premier-né du valet, de l'esclave.
Aux *Hébreux* n'advint pas un malheur aussi grave.
Ils en furent sauvés par le sang d'un agneau
Qu'ils avaient immolé par l'ordre du Très-Haut.

Récit **XXII.**

PASSAGE DE LA MER ROUGE.

—

Pharaon tout ému d'un fléau si terrible,
Et voyant son fils mort, parut moins inflexible.
Il permit aux Hébreux de se rendre au désert.
Sans perdre un seul instant, du côté de la mer
Aaron et *Moïse* aussitôt emmenèrent
Les enfants d'Israël; et bien ils avisèrent,
Car le roi Pharaon fut à peine averti
Que tout le peuple hébreu d'Égypte était parti,
Qu'indigné, furieux, transporté de colère,
Il se fit atteler tous les chariots de guerre
(Ils furent bientôt prêts au nombre de six cents),
Se fit accompagner de tous ses combattants ;
Et dans le même jour se mit à sa poursuite.
Les Hébreux cependant précipitaient leur fuite.
Ils avançaient toujours ; et Dieu les secourait ;
Miraculeusement, la nuit, les éclairait.
Mais les Égyptiens, n'ayant cette lumière
Perdaient toujours du temps et restaient en arrière.
Cependant à la fin quand ils se firent voir
Au peuple fugitif, grand fut son désespoir.
Il avait devant soi la mer infranchissable ;
Derrière, un ennemi puissant et redoutable.
Les Hébreux murmuraient... Moïse et Aaron
Implorèrent du ciel la bénédiction.

A l'ordre du Seigneur, avançant vers la plage,
Moïse mit la main sur les flots, dont la rage
Se calma devant lui. L'onde s'ouvrit soudain,
Elle fit aux Hébreux dans la mer un chemin.
En bénissant le ciel sans crainte ils traversèrent
Vinrent à l'autre bord. Sur leurs pas arrivèrent
Bouillants, impétueux, Pharaon et les siens.
Le gué fut aperçu par les Égyptiens.
Ils s'engagèrent tous dans les gorges profondes
Qui s'ouvraient devant eux, et séparaient les ondes.
Ils étaient sur le point d'atteindre à l'autre bord,
Quand Moïse étendit sur l'eau sa main encor.
La mer se rejoignit, et dans ses creux abîmes
Furent ensevelis, innombrables victimes,
Pharaon et les siens. Pas un ne survécut;
Ainsi, par le Seigneur Pharaon fut vaincu.
Et pendant qu'en tous lieux la triste renommée
Publiait du grand roi, de toute son armée
L'affreuse catastrophe et la destruction,
Les Hébreux triomphaient, et sans compassion
Pour les Égyptiens, chantaient leur délivrance;
Ils rendaient gloire à Dieu... Mais bientôt la souffrance
Les fit tous murmurer. Depuis plus de trois jours,
Marchant dans le désert, sans que sur leur parcours
Il se fût rencontré quelque source d'eau douce,
La soif les dévorait. Grande fut la secousse
Que reçurent leurs chefs en cette occasion.
Ils les comblaient déjà de malédiction,
Quand par l'ordre de Dieu, dans une source amère,
Moïse mit du bois, dont l'effet salutaire
Fut de changer soudain l'amertume en douceur.
Chacun but à son aise, et bénit le Seigneur.

A force d'avancer dans ces immenses plaines,
On trouva des palmiers, des sources, des fontaines.
Dans ces lieux on dressa des tentes près des eaux,
Et l'on put à la fin goûter quelque repos.

Récit XXIII.

SÉJOUR DES ISRAÉLITES DANS LE DÉSERT.
LE MONT SINAÏ.

—

Bientôt, dans le désert, les vivres s'épuisèrent.
N'ayant rien à manger, les Hébreux murmurèrent.
Moïse pria Dieu, et Dieu leur envoya
Quantité de gibier. Le peuple s'apaisa...
Puis chaque jour, du ciel, le Seigneur fit descendre
La manne, que chacun venait cueillir et prendre
Avant que le soleil parût à l'horizon,
Le sabbat excepté, car double ration
Pour tout le peuple entier tombait des cieux la veille ;
Et chacun la cueillait en quantité pareille,
Un *gomor* tous les jours. Pour chacun elle avait
Le goût et la saveur que chacun désirait.
C'était chose admirable, et toute merveilleuse,
Tant cette nourriture était délicieuse.
Ce pain miraculeux fut, pendant quarante ans,

Le seul dont, au désert, Dieu nourrit ses enfants.
L'eau leur manquait encor : Moïse, d'une roche,
Par l'ordre du Seigneur, en ces lieux-là s'approche,
La frappe de sa verge : une eau claire aussitôt,
Abondante, en découle ; on bénit le Très-Haut...
Puis s'avance contre eux l'armée amalécite.
Josué fait marcher tous les soldats d'élite.
Au haut du mont *Horeb*. Moïse, vers le ciel,
Tend les bras en priant... Cependant l'Éternel
Secourt le peuple hébreu. La victoire est complète.
On poursuit l'ennemi : Josué ne s'arrête
Que lorsque le soleil n'éclaire plus les siens.
Le Seigneur, par Moïse, opérait tous ces biens.
Les enfants d'Israël vinrent et s'arrêtèrent
Près du mont *Sinaï ;* ce fut là qu'ils campèrent.
Moïse leur parla de la part du Seigneur,
Leur dit que dans trois jours ils verraient sa splendeur.
Ils se rangèrent tous au pied de la montagne.
Mais voici que la crainte et la terreur les gagne,
Quand du Dieu Tout-Puissant ils entendent la voix,
Quand brillent les éclairs, quand la foudre à la fois
Éclate avec fracas. Ils mordent la poussière.
Cependant le Seigneur, de sa loi tout entière,
Leur fit entendre à tous les dix commandements.
Moïse, de sa part, exigea leurs serments.
Pendant quarante jours il fut sur la montagne.
Ne le revoyant pas, soudain, dans la campagne,
Les enfants d'Israël allèrent un beau jour :
Ils firent un veau d'or, et dansèrent autour.
Moïse descendit, prit les tables de pierre
Où se lisait la loi ; transporté de colère,
Les brisa, mit à mort les plus séditieux.

Les autres, repentants, s'estimèrent heureux
D'obtenir leur pardon. Car Dieu, dans sa justice,
Voulait les perdre tous, pour punir leur malice.
Moïse le fléchit ; et puis il remonta
Sur le mont Sinaï. Le Seigneur lui donna,
Pendant quarante jours encor, ses ordonnances
Touchant le tabernacle, et sur les observances
Qu'il voulait imposer aux enfants d'Israël.
Tout fut exécuté par son ordre éternel.
La tribu de *Lévi*, des fonctions sacrées,
Eut l'office et l'honneur ; elles furent données
A ses seuls descendants. Le grand prêtre Aaron
De Moïse reçut sa consécration,
Ainsi que ses enfants... L'extrême pénurie
Des eaux dans le désert mit le peuple en furie.
Moïse et *Aaron* reçurent du Seigneur
L'ordre de l'apaiser. Avec trop de lenteur
Ils frappèrent le roc ; et de leur défiance
Dieu leur donna bientôt la juste récompense.
Aaron dut mourir sur les cîmes de *Hor*.
Moïse, un peu plus tard, reçut le même sort.
Mais avant de subir une peine si dure,
Et de payer ainsi tribut à la nature,
Il eut à réprimer *Datan* et *Abiron*,
Qui voulaient supplanter les enfants d'Aaron.
Dieu les fit consumer aussitôt par les flammes,
Eux et ceux qui suivaient leurs intrigues infâmes.
Sa propre sœur Marie, un jour ayant osé
S'élever contre lui, son corps parut rongé
Par une lèpre affreuse. Elle ne fut guérie
Que quand elle avoua que Dieu l'avait punie...
Les Hébreux, combattant contre l'ordre du ciel,

Éprouvèrent encore un contre-temps cruel.
Leur humeur à tel point devint capricieuse,
Que la manne, si pure et si délicieuse,
Leur devint à dégoût. Or Dieu leur envoya
Des cailles, du gibier ; mais contre eux il lança
Des serpents enflammés, et de leur gourmandise
Les punit aussitôt. Par les soins de Moïse,
Un grand *serpent d'airain* dans les airs fut dressé.
Chacun était guéri quand, par hasard blessé,
Vers ce *serpent d'airain* se dirigeait sa vue.
La patience enfin du Seigneur fut vaincue.
Il jura qu'aucun d'eux à jamais n'entrerait
Dans la *terre promise*, et qu'il y veillerait.
Caleb et *Josué*, restés toujours fidèles,
Furent seuls exceptés. Pas un seul des rebelles
Ne put y pénétrer, ils durent tous mourir.
A leurs seuls descendants Dieu permit d'y venir.

Récit XXIV.

JOSUÉ ET LA TERRE PROMISE.

—

Les enfants d'Israël contre les Moabites
Combattirent longtemps, et les Madianites
Leur firent au désert la guerre également.
Ils furent tous vaincus jusqu'au dernier moment.

Moïse des Hébreux guidait toujours la marche,
Par l'ordre du Seigneur qu'il consultait à *l'arche*.
Dieu lui dit de monter au sommet du *Nébo*.
Il découvrit ainsi de loin et de bien haut
Le sol de Chanaan, cette *terre promise*,
Qui par d'autres que lui devait être conquise.
Ce fut là qu'il mourut par l'ordre du Seigneur.
Il laissa Josué pour chef et conducteur
Aux enfants d'Israël, lui donna sa sagesse.
Josué, comme lui, consultait Dieu sans cesse.
Les enfants d'Israël avaient pris le terrain
De Moab et d'Ammon, en deçà du *Jourdain*,
Sur *Og* roi de *Bazan;* étaient maîtres des villes,
Des terres et des champs pour les troupeaux fertiles.
Les tribus de *Ruben*, de *Gad*, de *Manassés*,
Celle-ci par moitié, les lots étant tracés,
Par l'ordre du Seigneur, eurent en héritage
Ce côté du Jourdain si propre au pâturage.
On y laissa d'abord les femmes, les enfants,
Ainsi que les vieillards; mais tous les combattants
Passèrent le *Jourdain*, vinrent avec leurs frères
Afin de les aider à conquérir les terres
Où devaient s'établir ceux des autres tribus.
Sur la rive du fleuve ils étaient tous venus.
Josué dans les eaux fit porter l'arche sainte :
Le *Jourdain* recula comme saisi de crainte.
Son lit restant à sec, le peuple traversa.
De là vers *Jéricho* d'abord on s'avança.
L'arche pendant six jours fit le tour de la ville.
Les guerriers la suivaient d'un pas calme et tranquille
Par l'ordre du Seigneur, quand vint le dernier jour
(Ils étaient à la fin de leur septième tour),

Un signal fut donné, les trompettes sonnèrent ;
Chacun poussa des cris, les murailles tombèrent.
On entra dans la ville, et tous les habitants,
Rahab seule exceptée ainsi que ses parents,
Furent exterminés. Et toute leur richesse :
L'or, l'argent, les bijoux, objets de toute espèce
Durent être apportés ; car sans exception
Le Seigneur en voulut la consécration...
Mais sous les murs d'*Haï* bientôt ils échouèrent.
Là, les Chananéens vainqueurs les repoussèrent.
Un homme avait enfreint les ordres du Seigneur,
Et d'objets consacrés était le détenteur.
Lorsqu'on l'eut découvert, et que pour sa folie
Josué l'eut privé du bienfait de la vie,
S'élançant de nouveau, les enfants d'Israël
S'emparèrent d'Haï, par le secours du ciel.
Josué n'épargna que les *Gabaonites.*
Leur ruse les sauva. Par les Israélites
Tant que dura le cours de leurs fameux exploits,
Furent pris les pays de plus de trente rois.
Josué vers le ciel levant un jour la téte,
De la part du Seigneur, dit au soleil : « *Arrête !* »
Le soleil s'arrêta pour éclairer la fin
D'un immense combat. Par le pouvoir divin
En cette occasion les Hébreux triomphèrent
De cinq rois à la fois... Ils les exterminèrent.
La conquête finie, aux enfants d'Israël
Josué partagea, selon l'ordre du ciel
Les villes et les champs de la terre promise
Qui leur fut pour longtemps et justement acquise.
Aux Hébreux désormais leurs ennemis vaincus,
Se virent obligés de payer des tributs.

4

Récit XXV.

OTHONIEL, AOD, ZAMGAR, LIBÉRATEURS D'ISRAËL.

—

Avant que d'expirer Josué fit promettre
Aux enfants d'Israël de toujours se soumettre
Aux lois, aux volontés, aux désirs du Seigneur ;
Leur enjoignit avec la plus grande rigueur,
De ne jamais former de pacte, d'alliance
Avec les étrangers ; leur dit que la vengeance
Du Seigneur irrité s'exercerait contre eux,
S'ils osaient aux gentils prendre leur culte affreux.
Pendant un certain temps, ils furent tous fidèles.
Des générations ingrates et rebelles,
Oubliant la constance et la foi des anciens,
S'adonnèrent sans crainte au culte des païens.
Bientôt les rois voisins s'armèrent, combattirent
Les enfants d'Israël et se les asservirent.
Ils subirent d'abord pendant plus de huit ans
Le joug et le tribut, les mauvais traitements
De *Chuzan*, qui régnait en Mésopotamie.
Accablés par le poids de cette tyrannie,
Ils poussèrent des cris qui touchèrent le ciel.
Le Seigneur leur donna pour chef *Othoniel ;*
Et ce dernier les fit renoncer aux idoles,
Renversa les autels de tous les dieux frivoles,
Astaroth, *Baalim*, qu'ils avaient adorés.
Bientôt par sa bravoure ils furent délivrés

Du joug des étrangers : et puis quarante années
De paix et de repos leur furent accordées.
Ayant après ce temps offensé le Seigneur,
D'*Églon*, roi de Moab leur voisin, leur vainqueur
Ils subirent la loi. A ce prince ils payèrent
Tribut pendant quinze ans, puis vers Dieu ils crièrent.
Aod fut le sauveur que Dieu leur suscita.
Celui-ci de sa main immola, massacra
Sans grâce, sans pitié ce roi cruel, impie,
De son joug accablant délivra sa patrie.
Les enfants d'Israël pendant quatre-vingts ans,
Fidèles au Seigneur, se trouvèrent exempts
De guerres, de combats... La divine vengeance
Fondit encor sur eux ; car manquant de constance,
Ils offrirent leurs vœux à des dieux mensongers.
Le Seigneur les soumit encore aux étrangers.
Zamgar les délivra du joug insupportable
Des Philistins cruels. Et, chose mémorable,
Armé de sa charrue, il en tua six cents...
Mais la foi des Hébreux ne dura pas longtemps.
Jabin de Chanaan roi, chef, seigneur et prince,
Les vexa tellement du sein de sa province,
L'espace de vingt ans, qu'Israël à la fin
Fit arriver ses cris jusqu'au trône divin.
Sizara, général de ce prince terrible,
A toutes leurs douleurs se montrait insensible.
Or il avait neuf cents chariots armés de faux.
Le Seigneur par *Barac* mit fin à tant de maux.
Dieu lui-même lui fit, lui donna la promesse
De l'aider. Débora, sa sainte prophétesse,
De sa part l'assura que *Sizara* fuirait,
S'il allait l'attaquer, et qu'il s'emparerait

De lui, de tous les siens ; qu'il en serait le maître ;
Que Dieu voulait par lui les vaincre et les soumettre :
Et qu'il devait marcher. Barac marche, obéit,
Tombe sur *Sizara*, qui dès l'abord s'enfuit.
Vaincus, de tous côtés ses soldats se dispersent.
Les enfants d'Israël de leurs flèches les percent.
Et lui-même il périt de la main de *Jahel*,
Qui d'un énorme clou perça son front cruel.
Afin de célébrer cette grande victoire,
Et pour en conserver à jamais la mémoire,
Débora composa par l'ordre du Seigneur
Un cantique sacré, sublime en son honneur.

Récit XXVI.

GÉDÉON.

Quarante ans de bonheur et de paix s'écoulèrent
Pour les douze tribus ; puis elles s'égarèrent,
Comme c'était toujours, dans les sentiers du mal,
Se prosternant au pied des autels de Baal,
Préférant au vrai Dieu l'impure idolâtrie.
Le Seigneur, pour punir encore leur folie,
Les livre entre les mains du roi de Madian.
Amalec et certains peuples de l'Orient,

Se joignirent à lui, de maux les accablèrent.
Cependant les enfants d'Israël invoquèrent
Le puissant Dieu du ciel, qui vint à leur secours,
Cédant au repentir, comme il faisait toujours.
Gédéon travaillait à l'ombre d'un grand chêne,
Quand un ange des cieux, sous une forme humaine,
Vint à lui, lui parla de la part du Seigneur,
Et lui dit qu'il serait le chef et le sauveur
Des enfants d'Israël ; que c'était Dieu lui-même
Qui l'avait désigné. D'une surprise extrême
Gédéon fut saisi. D'abord il s'excusa
Sur sa propre faiblesse... Enfin il refusa
D'obéir au Seigneur. Mais quand il vit descendre
Le feu du ciel qui vint et réduisit en cendre
Les mets que pour cet *homme* il avait préparés,
Alors il reconnut en lui de Dieu l'exprès.
Mais il craignait la mort après avoir vu l'ange.
« Non, tu ne mourras pas ; il faut que ton bras venge
« Les enfants d'Israël de tous leurs ennemis,
« Lui dit le Tout-Puissant ; marche, et sois-moi soumis ;
« Va, je t'assisterai. — Seigneur, je veux un signe,
« Répondit Gédéon : par quelque trait insigne,
« Indiquez, montrez-moi que je serai vainqueur ;
« Que d'Israël enfin je serai le sauveur.
« J'étendrai sur le sol une toison nouvelle.
« Si la terre reçoit la rosée autour d'elle,
« Et qu'elle en soit exempte, alors je vous croirai ;
« Contre les ennemis alors je marcherai. »
Le Seigneur, en effet, opéra ce miracle.
Gédéon admira ce merveilleux spectacle.
« Mais, dit-il au Seigneur, faites-donc maintenant
« Un prodige contraire, et je pars à l'instant. »

4.

Or la chose arriva. *Gédéon* pour la guerre
Convoqua ses voisins; et d'une armée entière
De ses frères se vit bientôt environné.
« Mais, lui dit le Seigneur, ne sois pas étonné,
« Car je veux qu'avec un beaucoup plus petit nombre
« D'hommes et de soldats, au sein d'une nuit sombre
« Tu t'empares du camp et des provisions
« Du roi de Madian. Renvoie à leurs maisons
« Ceux qui n'ont point assez de cœur ni de courage.
« Les autres, mène-les sur un voisin rivage.
« Et tous ceux qui boiront en se penchant sur l'eau,
« Comme boivent les chiens au bord d'un clair ruisseau,
« Tu les feras partir. Avec toi ne ramène
« Que ceux qui, se courbant, boiront sans perdre haleine
« Dans le creux de leur main. » Il n'en eut que trois
Chacun prit une cruche, une lampe dedans.   [cents!...
Chaque homme avec son arc avait une trompette.
Au milieu de la nuit on arrive, on se jette
Sur le camp ennemi. L'on brise avec grand bruit
Les vases ; aussitôt la lumière reluit
Avec un grand éclat, les trompettes résonnent.
Soudain les ennemis à la peur s'abandonnent,
La terreur les saisit, ils s'entre-choquent tous,
Ils se percent entre eux comme s'ils étaient fous.
Gédéon et les siens viennent, se rendent maîtres
Des vivres, des chameaux. Dans les plaines champêtres
Ils poursuivent les gens à travers les coteaux;
Les morts jonchent la terre, on les voit en monceaux.
Des ennemis de Dieu telle fut la ruine;
Ainsi se déchaîna la colère divine.
Les enfants d'Israël jouirent de la paix,
Furent reconnaissants à Dieu de ses bienfaits.

Récit XXVII.

JEPHTÉ.

—

Quand Gédéon mourut, l'injuste violence
D'Abimélech, son fils, usurpa la puissance.
Il la garda trois ans. Il avait massacré
Tous ses frères ; un seul n'avait pas expiré
Dans ce drame cruel sous le glaive homicide ;
Il devait son salut à sa fuite rapide.
Il était courageux ; son nom, c'est *Joathan*.
D'Abimélech son frère il fut dès ce moment,
Resta jusqu'à la mort le plus grand adversaire ;
Ils ne cessèrent point de se faire la guerre...
Cependant Israël, infidèle au Seigneur,
Avait du ciel encore excité la fureur.
Il subissait d'Ammon le joug vraiment terrible.
A ses cris *Jéhovah* se montrait insensible.
Il daigna cependant se servir de *Jephté*,
Pour le faire sortir de sa captivité.
Jephté dans Galaad avait eu sa naissance.
A peine eut-il quitté l'âge d'adolescence,
Que ses frères, d'accord, le chassèrent loin d'eux,
Il resta seul d'abord au fond d'un antre creux.
Bientôt il se rendit aux voisins redoutable ;
Se fit dans la contrée un parti formidable
Dont il était le chef. La terreur de son nom
Se répandit au loin... Les descendants d'Ammon

Affligeaient Israël de toutes les manières.
Jephté reçut un jour de la part de ses frères
Un message important. Ils le firent prier
De venir avec eux. Par le même courrier,
Jephté leur répondit, que marchant à leur tête,
S'ils voulaient l'accepter pour chef, à la défaite
De tous leurs ennemis son bras travaillerait,
Et qu'à leur délivrance il se consacrerait.
Sans hésitation ses frères lui promirent
De le prendre pour chef, et tous ils se soumirent
A son commandement, à son autorité.
Aussitôt qu'auprès d'eux se fut rendu Jephté,
L'esprit du Tout-Puissant s'empara de son âme.
Or dans le feu sacré de l'ardeur qui l'enflamme,
Il jure, il fait un vœu solennel au Seigneur,
De lui sacrifier, s'il retourne vainqueur,
La chose qu'il verra, lorsque de sa demeure
Il touchera le seuil... Il marche, il part sur l'heure.
Les enfants d'Israël le suivent au combat.
Tout fléchit devant lui. Tout cède, tout s'abat.
Les plus vaillants soldats d'Ammon prennent la fuite ;
Et le triomphe est pour le peuple israélite.
Jephté victorieux regagna sa maison,
Rendit grâce au Seigneur de sa protection.
Mais, le premier objet qui s'offrit à sa vue,
Ce fut sa fille, hélas !... De bonheur éperdue,
Elle venait à lui pour le complimenter.
Mais un élan si beau, *Jephté* dut l'arrêter.
Il lui dit en pleurant le serment, la promesse
Qu'il avait faite à Dieu. Sa fille, sans faiblesse,
Se résigne à subir un aussi triste sort.
Mais avant de s'offrir elle-même à la mort,

De son père elle obtint d'aller sur les montagnes
Voisines de l'endroit, unie à ses compagnes,
Pleurer pendant deux mois sur sa virginité.
C'est ainsi que finit la fille de *Jephté*.
En mémoire de cet événement terrible,
Les filles d'Israël au cœur tendre et sensible,
Ensemble chaque année, et quatre jours durant,
Célébrèrent le deuil de leur sœur en pleurant.

———oo⊰⊱oo———

Récit XXVIII.

SAMSON.

—

Samson après Jephté, fut des Israélites
Le chef et le vengeur. Après les Ammonites,
Les Philistins encore établirent sur eux
Leur domination. Ce peuple malheureux
Ne pouvait pas longtemps être à son Dieu fidèle.
Jamais inpunément il ne devint rebelle.
Le Seigneur les livrait à tous leurs ennemis.
Mais quand ils se montraient repentants et soumis,
Dieu déposait les traits de sa juste vengeance,
Venait à leur secours, et pour leur délivrance
Suscitait des héros... Samson fut le plus fort;

A bien des Philistins il fit un triste sort.
Un ange avait prédit sa naissance à sa mère,
Il dit en même temps tout ce qu'il devait faire
Pour être protégé du puissant roi des cieux.
On ne devait jamais toucher à ses cheveux...
Samson, en grandissant, fut soumis et fidèle
Aux ordres du Seigneur. Une fille assez belle
Du peuple philistin lui plut; il l'épousa;
Et l'Esprit du Seigneur le guidait en cela.
Dans le repas qu'on fit pour célébrer les noces,
Samson dit une énigme aux esprits peu précoces
Des Philistins présents; promit de leur donner
Trente habits bien complets, s'ils pouvaient deviner.
Que s'ils ne pouvaient pas expliquer le problème,
Ils devaient en donner pour lui trente de même.
Ces hommes eurent beau se torturer l'esprit...
La femme de Samson enfin le leur apprit.
L'Esprit de Dieu s'étant emparé de son âme,
Samson pour *Ascalon* part vif comme la flamme;
Immole en un clin d'œil trente des habitants,
Et rapporte bientôt leurs trente vêtements
Qu'il donne aux conviés. Transporté de colère,
Il fuit, vient habiter quelque temps chez son père.
Il est tout étonné d'apprendre à son retour
Que sa femme a donné sa main et son amour
A quelque Philistin. Dès ce moment il jure
De venger sans retard une pareille injure.
Il prend trois cents renards, et les attache entre eux.
A leur queue il ajuste et lie autant de feux.
Ces animaux s'en vont à travers les récoltes;
Font de tous les côtés mille tours, mille voltes.
Les champs, dans un moment, paraissent enflammés;

Les plantes, les moissons, les fruits sont consumés...
Indignés, furieux, les Philistins s'armèrent;
Au peuple d'Israël aussitôt demandèrent
Que Samson fût livré. D'abord on l'attacha
Le plus solidement; puis on le leur donna.
Mais à peine fut-il au milieu de l'armée
Des *Philistins*, joyeux d'une telle journée,
Que rompant ses liens, et trouvant sous sa main
Une mâchoire d'âne, il la saisit soudain.
Avec cet instrument il en massacra mille.
Mais cet objet lui fut encore bien utile.
Dévoré par la soif, et ne trouvant point d'eau
Pour le désaltérer, il pria le Très-Haut.
Une source jaillit des dents de la mâchoire,
Et lui fournit une eau délicieuse à boire...
Dès lors les Philistins n'osaient plus l'approcher.
Ils étaient cependant attentifs à chercher
Dans quelle occasion ils pourraient le surprendre.
Or un soir dans Gaza voyant Samson se rendre,
Ils fermèrent sur lui les portes avec soin;
Crurent que cette fois il n'échapperait point.
Samson, sans se troubler apprend cette nouvelle;
Et s'armant aussitôt d'une force nouvelle,
Il se lève, il repart au milieu de la nuit.
Aux portes de la ville il va droit et sans bruit,
Les arrache des gonds, les met sur ses épaules.
Les Philistins, jugeant tous leurs moyens frivoles,
Allèrent s'adresser enfin à *Dalila*
Qui connaissait *Samson*. Elle leur indiqua
Que sa force gisait toute en sa chevelure,
Et que la lui couper, c'était manière sûre
De prendre et de dompter l'indomptable Samson.

Et ce ne fut qu'après cette exécution
Qu'on s'empara de lui, sa force étant perdue.
On le mit dans les fers, on lui creva la vue.
On le faisait servir à tous d'amusement.
Un jour les Philistins, sous un grand bâtiment
Célébraient en grand nombre une joyeuse fête.
On fait venir *Samson;* et là, chacun s'arrête
Pour rire et s'amuser, pour se moquer de lui.
Mais, feignant tout à coup de chercher un appui,
Guidé par son gardien, il saisit les colonnes
Qui soutenaient le toit : quoique neuves et bonnes,
Il les brise, il les rompt d'un revers de sa main.
Tout s'écroule, tout tombe autour de lui soudain.
En cette occasion il fit plus de victimes,
Lui-même succombant, qu'aux jours les plus sublimes
De sa miraculeuse et grande mission.
C'est ainsi que mourut le glorieux *Samson!...*

Récit XXIX.

HISTOIRE DE RUTH.

Dans le temps qu'une grande et cruelle famine
Répandait dans Juda le deuil et la ruine,
Un célèbre habitant du bourg de Bethléem

(C'était Élimélech), loin de Jérusalem,
Se rendit au pays connu des Moabites,
Lui, sa femme et ses fils, tous vrais Israélites.
Leur mère Noémi, bientôt, dans ce pays,
A deux brus de l'endroit, maria ses deux fils.
Au bout de quelque temps tous les deux ils moururent,
Ainsi qu'Élimélech. Les trois femmes vécurent.
Or, dix ans écoulés, la famine cessa :
Noémi voulut donc retourner dans Juda,
Sa patrie, avertit de cela ses deux filles,
Les pressant de rentrer au sein de leurs familles.
Ce fut l'avis d'Orpha ; elle se résolut
A rester chez son père. Il n'en fut pas de Ruth
Comme de celle-ci, car Ruth, par ses prières,
Obtint d'accompagner au pays de ses pères
Sa mère bien-aimée. Elle lui protesta
Qu'elle irait avec elle et mourrait dans Juda.
Lentement toutes deux elles se dirigèrent
Vers le bourg d'Éphrata, sans encombre arrivèrent
A l'endroit où logeait autrefois Noémi,
Couchèrent sous un toit hospitalier, ami.
Mais les provisions n'étaient point abondantes ;
On était dans l'été : les moissons jaunissantes
Tombaient sous le tranchant du fer des moissonneurs,
Et partout à leur suite on voyait des glaneurs.
Ruth, pour gagner son pain, pria sa belle-mère
De la laisser glaner de la même manière.
Elle vint aussitôt dans le champ de Booz,
Parent d'Élimélech. Sans cesse ni repos
Avec attention elle cueille et ramasse
Tous les épis restés, suivant toujours la trace
Des nombreux moissonneurs. Bientôt Booz parut ;

5

Il vit, il remarqua l'infatigable Ruth.
On lui dit que c'était la bru, la belle-fille
De Noémi la veuve, et que de sa famille
Elle l'avait suivie au pays de Juda ;
Qu'elle était Moabite... Aux siens il ordonna
De laisser à dessein des épis sur la terre,
D'en faire profiter cette jeune étrangère.
A l'heure du repas il la fit même asseoir
Auprès des moissonneurs, et lui fit recevoir
De quoi boire et manger, lui disant que sans crainte,
Attendu que ses gens n'en feraient point de plainte,
Elle pouvait venir avec eux dans ses champs
Pour glaner à leur suite, et cela jusqu'au temps
Où la moisson serait entièrement finie.
Quand arriva le soir, transportée et ravie,
Ruth revint chez sa mère, emportant sur son cou
Une mesure d'orge, et lui raconta tout.
Noémi bénit Dieu, dit à sa belle-fille
Que cet homme si bon était de la famille
De son ancien époux, qu'elle saurait plus tard
Comment elle devait agir à son égard.
La jeune Ruth partait chaque jour de bonne heure,
Et tard elle rentrait chargée en sa demeure.
Quand la moisson finit, un soir que l'on vannait
Dans les champs de Booz, pendant qu'il se tenait
A l'écart pour dormir, penché sur une gerbe ;
Ruth vint auprès de lui, s'agenouilla sur l'herbe,
Attendit en priant qu'il s'éveillât bientôt...
Et Booz en effet se réveille en sursaut,
Regarde autour de soi... Ruth était en prière ;
Il la voit... Celle-ci, comme sa belle-mère
Venait de le lui dire, embrasse et prend ses pieds.

Je vois, lui dit Booz, que vous me suppliez,
Que désirez-vous donc? Parlez... je vous l'assure,
Tout ce que vous voudrez, oui, Ruth, je vous le jure,
Vous l'obtiendrez de moi. Ruth lui dit en tremblant :
« Du fils d'Élimélech, votre proche parent,
« Je fus l'épouse un jour ; mais une mort funeste
« Me l'ayant enlevé, je suis veuve... et du reste,
« On me l'a dit, je sais, mais si vous le voulez,
« Votre loi le permet, que vous m'épouserez.
« Pauvre femme étrangère, oserai-je prétendre
« A cet insigne honneur?...—Mais je dois vous apprendre,
« Lui répondit Booz, qu'il est en cet endroit,
« Un homme qui sur vous peut exercer son droit,
« Et qui passe avant moi... Oui, Ruth, s'il y renonce,
« Je vous épouserai, c'est ma ferme réponse.
« Prenez en attendant ces six boisseaux de blé
« Pour votre belle-mère. Elle mériterait
« Beaucoup plus... Mais enfin, allez, je ferai dire
« Si je puis obtenir ce que mon cœur désire. »
Booz le lendemain se rendit au plus tôt
Chez celui qui, parent au degré le plus haut
Du feu mari de Ruth, pouvait d'abord prétendre
A sa main... Celui-ci voulut bien s'en défendre.
Booz prit les anciens de la ville à témoin
(Car la loi se montrait inflexible en ce point)
Qu'il lui cédait son droit, qu'il pouvait dès cette heure,
Lui Booz, épouser, prendre dans sa demeure
La veuve de son frère... Ainsi fut-il conclu,
La jeune Ruth obtint ce qu'elle avait voulu.

Récit XXX.

SAMUEL.

—

Dans le temps où Silo servait de résidence
Au tabernacle saint, à l'arche d'alliance,
Héli le grand pontife, un jour, près de l'autel,
Aperçut une femme. Elle priait le ciel
Avec tant de ferveur, que le prêtre s'approche,
Et lui parle d'abord en termes de reproche,
La croyant égarée. Il s'aperçut bientôt
Qu'elle avait son bon sens, et faisait au Très-Haut
Une prière juste. Oui de votre famille
Dieu bénira la tige ; espérez-le ma fille,
Lui dit le prêtre Héli. Vous verrez sans tarder
Le plus grand des bienfaits qu'il veut vous accorder.
Anne, c'était le nom de la pieuse femme
Avant si désolée. Elle sentit son âme
Tressaillir de bonheur. Au bout de moins d'un an
Elle fut en effet la mère d'un enfant
Qu'elle offrit au Seigneur, afin de reconnaître
Que c'était grâce à lui qu'elle l'avait vu naître.
Anne lui fit porter le nom de *Samuel*
Par l'inspiration, et par l'ordre du ciel.
Tout jeune, tout enfant, ses parents l'amenèrent
Dans la maison de Dieu, puis ils se retirèrent.
Samuel revêtu d'une robe de lin,
Assistait chaque jour au service divin.

Il reposait la nuit tout près du sanctuaire ;
De sa chambre il voyait l'éclat de sa lumière.
Une nuit qu'il dormait près du grand prêtre Héli,
S'entendant appeler, il sauta de son lit,
Lui dit en s'approchant : « Je suis à vous, mon père,
« Pourquoi m'appelez-vous? qu'est-ce qui peut vous plaire! »
Héli tout étonné lui répondit alors :
« Mon fils, c'est une erreur, retourne au lit et dors. »
Samuel obéit ; la même voix l'appelle ;
Et s'éveillant encore, il pense que c'est celle
Du grand prêtre ; il revient : « Mon père, me voici,
« Vous m'avez appelé?... — Non, répond celui-ci. .
« Mais si la même voix se fait encore entendre,
« Et prononce ton nom, sans tarder, sans attendre,
« Réponds-lui de ton lit : Parlez, parlez, Seigneur
« Vous serez écouté par votre serviteur. »
A peine *Samuel* s'endormait sur sa couche,
Pour la troisième fois une invisible bouche
L'appela par son nom. Il répondit à Dieu :
« Parlez, parlez Seigneur ; oui je veux en ce lieu
« Je veux ici, Seigneur, entendre vos paroles.
« — Écoute, elles ne sont ni fausses ni frivoles ;
« Elles auront un jour leur accomplissement,
« Lui dit le Dieu Très-Haut. Et puis fidèlement
« Comme je les dirai, tu diras au grand prêtre
« Tous les événements qui vont bientôt paraître.
« Il sait déjà combien mon cœur est courroucé
« Contre ses fils et lui... Ce lui fut annoncé
« Dernièrement encor par un de mes prophètes.
« Ophni et Phinées sont deux cruelles têtes.
« Héli trop indulgent ne les reprend jamais;
« Leurs crimes sont au comble ainsi que leurs forfaits.

« Ses fils dans un seul jour perdront tous deux la vie,
« Et lui-même il mourra. La plus grande partie
« De ses petits-enfants mourront pareillement.
« Le peuple d'Israël avec étonnement
« Verra tous les effets de ma juste colère :
« Car je vais me montrer enfin dur et sévère. »
Lorsque parut le jour *Samuel* se leva ;
Vers le lit du grand prêtre aussitôt il alla ;
Lui dit tout ce que Dieu daigna lui faire entendre.
Héli courba la tête, et fit bien de se rendre
En tout sans hésiter aux ordres du Seigneur,
Dont ses deux fils avaient excité la fureur.

Récit XXXI.

PRISE ET RESTITUTION DE L'ARCHE.

—

Samuel, digne objet de la faveur divine,
Devait, lui, réparer la future ruine
Des enfants d'*Israël*, d'*Héli*, de ses deux fils
A la place desquels il devait être mis.
Comme il l'avait prédit les choses arrivèrent.
Les Philistins d'abord en nombre s'avancèrent,
Et pour les repousser on dut se réunir.

Au premier choc on vit tout *Israël* s'enfuir.
Les chefs et les anciens décidèrent que l'arche,
Dans un nouveau combat, devait ouvrir la marche.
Cet avis plut au peuple, il fut exécuté ;
Ophni et *Phinées*, se mirent à côté.
Sitôt qu'elle parut, transporté d'allégresse,
Le peuple d'*Israël* dès ce moment n'eut cesse
De crier vers le ciel, de pousser des clameurs
Dont l'ennemi conçut les plus grandes frayeurs.
Les Philistins d'abord saisis se ravisèrent :
Pleins de feu, pleins d'ardeur, tous ensemble ils tombèrent
Sur leurs sots agresseurs. Dieu les abandonnait,
De sa protection puissante il les privait.
Les deux enfants d'Héli restèrent sur la place ;
Tous tournèrent le dos, les chefs, la populace.
On abandonna l'arche aux mains des Philistins
Qui la prirent avec ses attributs divins.
Héli, surexcité par les cris de victoire
Qu'ils faisaient retentir, ne pouvait jamais croire
Que l'arche fût tombée au pouvoir ennemi.
Par l'effroi, l'épouvante aussitôt engourdi,
Il tombe à la renverse, il se brise la tête,
Et meurt en apprenant cette triste défaite.
Sa bru en apprenant la mort de Phinées,
Accouche avant le terme, et meurt dans cet accès.
Les Philistins joyeux emmènent l'arche sainte.
Ils sont bientôt saisis de la plus grande crainte.
On l'avait enfermée avec religion
Dans un temple, tout près du buste de *Dagon*.
Le lendemain ce dieu renversé sur la terre,
Y gisait en morceaux, car il était de pierre.
Ce ne fut pas le seul ni le plus grand malheur

Que l'arche leur causa. Par l'ordre du Seigneur
Ils furent presque tous frappés de maladies
Et d'ulcères affreux. Les castes réunies
Des satrapes, des chefs, décidèrent enfin
Que tout cela venait d'un prodige divin ;
Qu'aux enfants d'Israël il fallait rendre l'arche.
Toute seule bientôt ils la mirent en marche
Sur un chariot à bœufs. La voiture arriva
Tout près de *Betzamès*, aux confins de Juda.
Les voisins aussitôt, ravis de ce spectacle,
En la voyant venir, crièrent au miracle.
Bientôt tout Israël apprit avec bonheur
Ce prodige nouveau qu'avait fait le Seigneur.
Les gens de Betzamès, trouvant l'arche trop sainte
Pour la garder chez eux, de leur pieuse crainte
Ils firent part à ceux de *Carathiarim*
Qui vinrent la chercher, et puis, par intérim,
La mirent au logis d'*Animadab ;* sacrèrent
Éléazar son fils, et le constituèrent
Gardien de l'arche sainte. Elle y fut en dépôt
Pendant près de vingt ans ; par l'ordre du Très-Haut
Le peuple alors jouit d'une paix très-profonde ;
Et pendant tout ce temps s'abstint du culte immonde
Des dieux des étrangers, adorant le Seigneur,
Le servant, le priant, l'aimant avec ferveur.

Récit XXXII.

SAÜL, PREMIER ROI D'ISRAËL.

—

Le peuple d'Israël à Dieu resta fidèle
Pendant un certain temps. Samuel par son zèle
Fit marcher ses enfants dans les sentiers bénis
Des préceptes sacrés par Moïse transmis.
Mais on se relâcha de la ferveur première ;
Et Dieu fit aussitôt éclater sa colère.
Les Philistins encor s'avancèrent contre eux.
Ils étaient cette fois bien forts et bien nombreux.
Samuel réunit les chef israélites,
Leur dit sans hésiter que ces races maudites
De païens, d'étrangers, par l'ordre du Seigneur,
Venaient les châtier de leur peu de ferveur.
Mais il les assura qu'en faisant la promesse
De revenir à Dieu, de le servir sans cesse,
De briser les autels, les bustes des faux dieux,
Ils obtiendraient de lui d'être victorieux.
Il saisit un agneau, il le tue, il l'immole ;
Israël au combat marche, s'avance et vole.
L'ennemi sans retard est vaincu, repoussé.
La paix a, pour *Juda*, de nouveau commencé.
Au bout de quelque temps la mauvaise conduite
Des fils de *Samuel*, au peuple israélite
Déplut très-justement. Les chefs et les anciens
Vinrent pour lui parler ; et par mille moyens

5.

De leur donner un roi, d'accord ils le prièrent.
Malgré tous ses avis, tant ils le supplièrent
Qu'à la fin il céda par l'ordre du Très-Haut !
Et même le Seigneur lui révéla bientôt
Parmi tout Israël celui qu'il devait mettre,
Et choisir le premier pour leur roi, pour leur maître.
Cet homme, c'est *Saül*. Il plaisait au Seigneur ;
Des enfants d'Israël il était le meilleur.
Un jour comme il cherchait les troupeaux de son père
Sans pouvoir les trouver, il vint au sanctuaire
Où Samuel offrait des victimes à Dieu,
Pour qu'il lui fît connaître et l'endroit et le lieu
Qui les tenait cachés. Une clarté subite
Indique à *Samuel*, qui le sacre de suite,
Que c'est là le sujet dont le ciel a fait choix,
Pour être en Israël le premier de ses rois.
Saül, quoique étonné, se soumet ; il ne doute
Nullement de ce fait. Il se remet en route
Rassuré sur le sort des troupeaux qu'il cherchait.
L'Esprit de Dieu soudain, pendant qu'il voyageait,
Le saisit, s'empara de son cœur, de son âme.
Des prophètes divins il eut en soi la flamme.
Chacun qui le voyait disait avec transport :
Que Saül est changé ! qu'éclatant est son sort !
Mais son élection ne fut ratifiée
Que lorsque reconnu par toute l'assemblée
Des tribus d'Israël, on le proclama roi.
En effet, il eut tous les suffrages pour soi.
Sa taille était très-grande, et son port magnifique ;
Il était d'*Israël* le plus parfait, l'unique.
Samuel déclara que Dieu l'avait choisi
Pour vaincre et repousser leur mortel ennemi,

Le peuple philistin : mais il fit la défense
A Saül de vouloir jamais prendre l'avance
Pour livrer le combat. Il lui dit que toujours
Il l'attendît lui-même, afin que le secours
Du ciel fût imploré par quelques sacrifices
Qu'il ferait au Seigneur de bœufs ou de génisses.
Saül accepta tout, et le peuple en émoi
Rayonnant de bonheur, cria *Vive le roi!*

Récit XXXIII.

RÉPROBATION DE SAÜL. — ÉLECTION DE DAVID.

—

Naas, roi de *Moab*, ayant porté la guerre
Aux confins d'Israël, *Saül* en eut affaire.
Il convoqua des gens de toutes les tribus;
Et lorsqu'en très-grand nombre ils se furent rendus;
En emmenant dix-mille, il fond à l'improviste
Sur le camp ennemi. Personne ne résiste.
C'était dès le matin. Vers le milieu du jour,
Naas était défait, et vaincu sans retour.
Après cette éclatante et célèbre victoire,
Tous ceux qui jusque-là n'avaient pas voulu croire
Au destin de Saül, vinrent se joindre à lui,
Furent dès ce moment son soutien, son appui :

Et Samuel le fit de nouveau reconnaître
Pour le roi d'Israël, pour son unique maître.
Mais bientôt il s'offrit une autre occasion
Pour Saül de remplir sa grande mission.
Le peuple philistin semait partout l'alarme ;
Et chacun se cachait, fuyait avec son arme.
Saül, sans hésiter, consulta Samuel
Qui lui manifesta la volonté du ciel,
Lui dit de réunir promptement son armée,
A la condition qu'elle serait lancée
Contre les ennemis, dans sept jours seulement,
Quand il serait venu dans son retranchement
Pour offrir de ses mains lui-même un sacrifice,
Par lequel le Seigneur leur deviendrait propice.
Saül impatient, quand le septième jour
Eclaira l'horizon, sans crainte et sans détour,
Voyant que Samuël retardait sa venue,
Offrit le sacrifice , et sa main suspendue
Balançait dans les airs le glaive immolateur,
Quand parut Samuel... : « Sois maudit du Seigneur,
« Lui cria-t-il de loin, puisque tu viens d'enfreindre
« L'ordre du Tout-Puissant, sans trembler et sans craindre.
« C'est un autre que toi qu'il va bientôt choisir,
« Pour conduire Israël son peuple et le régir.
« Il le gouvernera toujours avec sagesse :
« Et chéri du Seigneur il lui plaira sans cesse. »
Saül resta muet... Or *Jonathas*, son fils,
Pendant que d'attaquer on était indécis,
Grimpa sur un rocher, tomba sur une bande
De nombreux Philistins... Leur déroute fut grande.
Saül les poursuivit et dit à ses soldats
Que, sous peine de mort, il ne permettrait pas

Qu'aucun d'eux jusqu'au soir prît de la nourriture,
Avant que l'ennemi fût dans la sépulture.
Seul parmi tous les siens *Jonathas* ignorait
Cet ordre de son père, et comme l'on passait
Dans un champ plein de miel, il étendit sa lance
Pour saisir un rayon, qu'il prit sans défiance.
Saül le sut bientôt ; il voulait sur son fils
Décharger son courroux, comme il l'avait promis.
Tous les soldats pour lui se mirent en prière,
Obtinrent son pardon, et sauvèrent leur frère.
Saül avait été maudit par Samuel
Une première fois ; et de la part du ciel
Il s'attira bientôt un dernier anathème.
Contre lui du Seigneur le courroux fut extrême :
Il ne fit pas mourir Agag, roi d'*Amalech*
Malgré l'ordre de Dieu, sous les murs de *Bezech*.
Dieu dit à Samuel d'aller dans un village
Nommé Bethléem, dans un humble ménage
Dont le père et le chef s'appelait *Isaï*,
Pour y sacrer le roi nouvellement choisi.
Le père fit passer sous les yeux du prophète
Sept fils l'un après l'autre ; et secouant la tête
Samuël indiqua que Dieu n'avait fait choix
D'aucun de ces sept-là. « Mais, lui dit-il, parfois
« N'auriez-vous pas encore un autre fils? qu'il vienne.
« Que je le voie aussi : — Bien, qu'à cela ne tienne.
« Il garde les troupeaux, il se tient dans les champs.
« Allez chercher David, dit-il à ses enfants. »
David parut bientôt, et prenant l'huile sainte,
Samuel le sacra. Comme il tremblait de crainte.
« Confiance, mon fils, lui dit-il, d'Israël
« Vous êtes dès ce jour, le roi, de par le ciel! »

Récit XXXIV.

DAVID ET GOLIATH.

—

Quand David fut sacré, le Seigneur, dans son âme,
Fit une effusion de la plus vive flamme
De son Esprit divin, qui sortit aussitôt
De celle de Saül, par l'ordre du Très-Haut.
L'Esprit malin survient et se met à sa place.
Saül, dès ce moment, ne peut pas, quoi qu'il fasse,
Se soustraire aux effets de l'agitation
Dans laquelle le met cette possession.
Il apprend que David passe pour très-habile
A jouer de la harpe, et qu'il peut être utile
Pour calmer son état. Saül le fait venir;
En entendant David, il sent se rétablir
La paix et le repos dans son âme oppressée.
Au bout de quelque temps sa douleur fut passée.
David s'en retourna pour garder les troupeaux.
Ses trois frères aînés, renonçant au repos
Qu'ils goûtaient dans les champs, s'en vinrent à la guerre
Contre les Philistins, qui ne tardèrent guère
A venir attaquer les enfants des Hébreux.
Or les deux camps étaient séparés par un creux.
Voici que tout à coup, du fond de la vallée,
Accourt un Philistin à la taille élevée.
Du plus loin qu'il le put il dit et s'écria :
« Que celui d'entre vous qui l'ose vienne là.

« S'il triomphe de moi, mon peuple tributaire
« Vous restera soumis ; ce sera le contraire
« Si je l'abats lui-même et si je suis vainqueur.
« Qu'il s'avance bientôt, celui qui n'a pas peur. »
Goliath, c'est le nom de ce géant terrible
Qui vint si fièrement et d'un air si pénible
Provoquer Israël : car il accompagnait
D'injures et d'affronts chaque mot qu'il disait.
Tout le peuple, en silence et la douleur dans l'âme,
Tremblant, et sans bouger, écoutait cet infâme,
Et personne n'osait s'avancer contre lui.
Saül restait tout seul, sans secours, sans appui.
Pour exciter leur zèle, il dit qu'en mariage
Il donnerait sa fille au généreux courage
De celui qui voudrait contre ce Philistin
S'avancer, le combattre, et le tuer enfin.
Or David arrivait pour visiter ses frères ;
Il venait s'occuper du soin de leurs affaires,
Envoyé par son père, et lorsqu'il eut appris
L'embarras de Saül, ce qu'il avait promis,
Il s'avance aussitôt, il vient en sa présence
Et lui dit qu'il veut bien, sans épée et sans lance,
Combattre ce géant et lui donner la mort.
(Dans les champs il faisait aux ours le même sort,
Aux tigres, aux lions, quand ils venaient lui prendre
Des brebis du troupeau.) Saül veut bien l'entendre,
Et David aussitôt, en habit de pasteur,
Prend sa fronde, son sac, marche au nom du Seigneur,
Choisit sur le chemin cinq pierres très-coulantes.
Goliath l'aperçoit et lui dit : « Tu plaisantes,
« Jeune présomptueux !... Tu me prends pour un chien.
« Je n'ai pas peur de toi, je le montrerai bien.

« Approche, d'un seul coup je vais te mettre en pièces,
« Et les vautours du ciel, dans leurs serres épaisses,
« Viendront prendre ton corps, ils te dévoreront.
« Effrayés, devant moi les Hébreux s'enfuieront... »
David, sans s'arrêter, marche calme et tranquille ;
Bientôt avec sa fronde il lance un projectile
Et transperce le front du superbe géant.
Goliath, sur le coup, tombe à terre et s'étend ;
Il est sans mouvement, ses membres sont sans vie ;
Par les mains de David son épée est saisie ;
Il lui tranche la tête, et l'élevant en l'air,
Revient victorieux de ce géant si fier.
Les enfants d'Israël poussent un cri de joie.
Les Philistins, confus, s'en vont par toute voie.
On court, on les poursuit..., le plus grand nombre enfin
Eut, comme Goliath, un funeste destin.

Récit XXXV.

DAVID PERSÉCUTÉ PAR SAÜL.

—

Quand David et Saül venaient de la victoire
Qui couronna David d'une si grande gloire,
Les femmes d'Israël s'écriaient à l'envi :
David en a tué dix fois bien plus que lui.

Saül contre David enflé de jalousie,
Jura dès ce moment de lui ravir la vie.
Tantôt avec sa lance il voulait le percer;
Mais David en jouant parvenait à chasser
Le démon qui s'était emparé de son âme.
Quelquefois il l'aimait; ardent comme la flamme,
Il voulait le couvrir de ses embrassements :
Bien rares et bien courts étaient ses bons moments.
Jonathas et *David* s'aimaient d'un amour tendre,
Jonathas à *Saül* avait beau faire entendre
Que *David* le servait, et qu'il le respectait.
De sa haine toujours Saül le poursuivait.
Il ne lui permit point d'épouser son aînée.
Mais pour sa femme enfin Michol lui fut donnée.
Un jour, comme David jouait dans un repas,
Afin que le démon ne le tourmentât pas,
Saül visa David; et d'un coup de sa lance
Il l'aurait transpercé, si David par prudence
N'eût détourné sa tête, et n'eût su l'esquiver.
Mais il comprit dès lors qu'il devait se sauver.
Vainement Jonathas, pour apaiser son père,
Le supplia cent fois. Plus grande sa colère
S'envenimait toujours. Or, David s'en alla,
S'enfuit en toute hâte, à *Nobé* s'arrêta;
Le prêtre *Abiathar* lui suspendit l'épée
Qu'au géant Goliath il avait arrachée.
Lui fit manger les pains de proposition;
Il lui donna surtout sa bénédiction.
De là, venant à *Jeth*, il feignit la folie,
Pour éviter du roi la colère et l'envie.
Près d'*Odollam* ensuite, auprès d'un antre creux,
Il se cacha. Les siens et d'autres avec eux,

Vers lui presque aussitôt en nombre se rendirent,
Ils étaient quatre cents. De cet antre ils sortirent,
S'en vinrent à Moab. Le prophète de Dieu,
Gad, avertit David d'abandonner ce lieu.
Et d'aller dans Juda. Bouillonnant de colère,
Saül vint à Nobé. Son humeur sanguinaire
Immola sans pitié les prêtres du Seigneur.
Le seul *Abiathar* évita ce malheur,
Et vint trouver David. Saül à sa poursuite
S'avançait à grands pas. Or David prit la fuite
Vers le désert de *Ziph. Saül* le poursuivait.
Mais voici qu'au moment où presque il l'atteignait,
On vint dire à Saül qu'on voyait dans la plaine
De soldats philistins la terre toute pleine.
Saül courut sur eux, et David se sauva
Du côté d'*Enghaddi.* Saül l'y retrouva
Quand il fut de retour. David eût pu le prendre
Dans une occasion, mais pour ne pas se rendre
Criminel à ce point, il coupa son manteau
Dont il garda le bord, et s'enfuit aussitôt.
Saül reconnaissant, revint dans sa demeure.
David avec les siens courut à la même heure
Dans les lieux écartés, s'établit à *Pharan.*
Or, dans les environs, un homme riche et grand,
Qui s'appelait *Nabal,* lui refusa des vivres,
Pendant qu'en sa maison tous ses gens étaient ivres
Et regorgeaint de tout. Pour lui donner la mort
David marchait déjà. Sans peine et sans effort
Il l'aurait immolé, car il était à table
Plongé dans les vapeurs d'une orgie effroyable.
Sa femme *Abigaïl* parvint à le sauver,
En conjurant David qui se laissa toucher.

Dix jours après cela s'écoulèrent à peine
Qu'il fut frappé de mort, et d'une mort soudaine.
Et Nabal n'étant plus, *Abigaïl* devint
L'épouse de David. Sur ce *Saül* revint
Pour le persécuter. *David* sachant la place
Où se tenait *Saül*, il gagna de l'espace ;
Et faisant un détour, il parvint à l'endroit
(C'était pendant la nuit) ; il le prit à l'étroit
Pendant qu'il reposait, et faisant grand silence,
S'empara de sa coupe ainsi que de sa lance.
Saül en s'éveillant bientôt s'en aperçut ;
Et lorsqu'il eut appris, quand par David il sut
Que lui-même il était l'auteur de cette affaire,
Déposant aussitôt sa haine et sa colère,
Il voulut le reprendre et l'avoir avec lui.
Mais David s'en alla, refusa son appui.

Récit XXXVI.

MORT DE SAÜL ET DE JONATHAS.

—

David connaissait trop la fatale inconstance
De Saül, pour oser, par trop de confiance
Se joindre encore à lui, venir dans son palais.
Il comprit qu'il devait sagement désormais

Se retirer au loin, et pourvoir à sa vie.
Il choisit pour asile une terre ennemie.
Il alla chez *Achis*, prince des Philistins
Et monarque de *Geth*. Les auspices divins
En pays étranger lui furent favorables.
Achis, de *Siceleg*, ville aux murs imprenables,
Le fit maître et seigneur. Or David, chaque jour,
En sortait pour aller combattre tour à tour
Les ennemis du roi. Dans toutes les contrées,
Au nord, au sud, à l'est ses armes dirigées
Lui procuraient sans cesse un immense butin
Dont il faisait hommage à ce roi souverain.
Bientôt les Philistins au combat s'avancèrent,
Achis les commandait. Les Philistins campèrent
Autour de *Gelboë*. David et Jonathas,
Avec tout Israël y vinrent à grand pas.
David avait suivi les troupes de son maître,
Qui, par précaution, voulait le faire mettre
Derrière le combat. Mais les chefs réunis,
Décidèrent qu'il ne pouvait pas être admis,
Et qu'il devait quitter de suite leur armée,
Avant que la première attaque fût donnée.
David avec les siens regagnant *Sisélec*
Vit du feu dans les airs. Des brigands d'*Amalec*
Avaient incendié la ville en son absence.
Bientôt de ce forfait il sut tirer vengeance ;
Car il les poursuivit, leur reprit le butin
Qu'ils avaient emmené, les tua tous enfin.
Cependant *Jonathas* et *Saül* succombèrent
Dans la plus vive ardeur du combat qu'ils livrèrent
Avec acharnement contre les Philistins ;
Et *Saül*, pour ne point tomber entre leurs mains,

Lui-même il se tua, se perça de sa lance.
De la sorte il subit la céleste vengeance.
Un homme d'*Amalec*, qui passait par hasard,
Quand Saül, pour mourir, s'affaissait sur son dard,
Comme il vivait encor, cédant à sa prière,
Sur l'heure l'acheva d'une triste manière.
Il vint dire à David tout ce qu'il avait fait.
Mais David le blâma de son affreux forfait,
Et pour prix aussitôt lui fit perdre la vie.
David eut le cœur triste et l'âme bien marrie
De cet événement ; et sur ce grand malheur
Il fit par des soupirs éclater sa douleur.
Par l'ordre du Très-Haut, après la mort funeste
De Saül, David vint, à la faveur céleste
De la protection du maître d'Israël
Au pays de Juda, son climat paternel.
Dans la ville d'Hébron il fit sa résidence.
Aussitôt qu'à l'entour on apprit sa présence,
Tous ceux de sa tribu vinrent le nommer roi ;
Ils se soumirent tous à son joug, à sa loi.
Isboseth de Saül etait fils légitime ;
Les tribus d'Israël, d'un concert unanime
Le proclamèrent roi. Pendant près de sept ans,
Israël et *Juda* furent belligérants,
Se firent l'un à l'autre une guerre acharnée.
Abner était le prince et le chef de l'armée
D'*Isboseth ;* et *Joab* de celle de David.
Or *Isboseth* un jour, par sa faute perdit
L'appui de son *Abner*, qui vint trouver sur l'heure
David et son parti, se mettant en demeure
De lui gagner bientôt les tribus d'Israël.
Telle était en effet, la volonté du ciel.

Car *Abner* n'étant plus, ayant perdu la vie
Par le fait de *Joab*, et par sa seule envie,
Deux de ses officiers vinrent près d'Isbozeth,
Lui donnèrent la mort pendant qu'il reposait,
Portèrent à *David* sa tête encor fumante.
Mais bien loin d'approuver cette action sanglante,
Loin d'en être content et de s'en réjouir,
Après avoir pleuré, *David* les fit mourir.
Les tribus d'Israël sachant cette nouvelle
S'unirent à David par un serment fidèle.
A partir de ce jour, David régna sur tous.
Israël et Juda ne furent plus jaloux.

Récit XXXVII.

DAVID, ROI D'ISRAËL.—SES EXPLOITS.—SA FAUTE.

David, devenu roi, conquit la forteresse
Qu'on appelait Sion; et la ville maîtresse
De tous ces environs, la prit également:
C'était *Jérusalem*. Il y vint promptement
Et pour lui fit construire une demeure immense,
Un superbe palais, qui fut sa résidence.
Lorsque les Philistins surent qu'il était roi,
Qu'Israël tout entier avait subi sa loi,

Ils s'avancèrent tous ensemble dans la plaine
De *Baal Barasin*. Ce fut petite peine
Pour David de les vaincre en un premier combat.
Le peuple philistin cependant ne s'abat.
Une seconde fois les prenant par derrière,
Il remporta sur eux une victoire entière.
Toujours avant d'agir *David* consultait Dieu,
Suivait ses volontés en tout temps, en tout lieu.
Quand il se vit en paix, pour faire venir l'arche
De chez Aminadab, il dirigea sa marche
Vers la ville de *Geth*, tout près d'*Obédédon*.
Il voulait l'établir dans les murs de Sion.
Elle était sur un char. La voiture ébranlée,
Menaça par un choc d'être à fond renversée.
Oza, sans réfléchir, ayant tendu la main,
Afin d'arrêter l'arche, il succomba soudain.
David fut affligé d'un accident si triste.
A le dissuader vainement on insiste.
Il interrompt sa marche, et chez Obédédon
L'arche resta sept mois. La bénédiction
Du Seigneur y venant, David la fit conduire
Dans les murs de Sion. Il voulait lui construire
Un temple magnifique, or Dieu l'en détourna.
Le prophète *Nathan* de sa part lui parla ;
Lui dit qu'un de ses fils ferait un jour cette œuvre,
Qu'il en avait assez pour lui de la manœuvre
Des armes, des combats ; que Dieu se contentait,
Qu'il lui savait bon gré du désir qu'il avait.
David s'abandonnant à son ardeur guerrière,
Rendit en peu de temps maint peuple tributaire.
Amalec et *Moab*, Amon, les Philistins,
Il les renferma tous dans leurs étroits confins.

Puis poussant ses exploits jusqu'au bout de l'Euphrate,
Vainqueur d'*Adarezer*, à cette même date,
Il imposa tribut au peuple de Soba,
Malgré tout le secours que *Damas* lui donna.
Le *Syrien* vaincu vit une forteresse,
Par l'ordre de David, s'élever en maîtresse
Au sein de son pays, pour garder l'avenir.
Le glorieux David jusqu'à soi vit venir
Le monarque d'*Émath*, qui de tant de victoires
Vint le féliciter... Là finirent ses gloires.
Il prit *Miphibozeth* sous sa protection.
C'était du roi Saül le dernier rejeton.
Deux fois du roi d'Ammon il punit les injures.
Mais ces vaillantes mains cessèrent d'être pures.
Joab, son général, assiégeait Naaba.
De son palais un jour David lui dépêcha
L'ordre affreux et cruel de faire mettre *Urie*
Au premier rang d'attaque, afin qu'à la sortie
Que ferait l'ennemi, se trouvant sous sa main,
Sa mort fût assurée, et son trépas certain.
Joab exécuta les ordres de son maître.
Ce moyen réussit ; il le lui fit connaître.
David avait commis cette noire action
Pour pouvoir épouser, prendre dans sa maison
Sa femme *Bethsabée*. Or Dieu dans sa colère
A cause de ce que David venait de faire,
Lui jura par la voix du prophète Nathan
Qu'il serait malheureux, et que dès ce moment
Il n'aurait que chagrins, afflictions et peines.
Les menaces du ciel n'étaient que trop certaines.
David n'eut en effet depuis que des malheurs ;
Et ses yeux bien souvent se mouillèrent de pleurs.

Récit XXXVIII.

DAVID ET ABSALON.

—

Absalon, pour punir un crime abominable
D'Ammon, son frère aîné, se rendit exécrable
Aux yeux du roi David, en lui donnant la mort.
Absalon prit la fuite, et reconnut son tort.
Après plus de trois ans d'un exil bien sévère,
Joab ayant enfin pu fléchir la colère
De son père irrité, David le fit venir.
Mais encore il garda deux ans le souvenir
Du crime d'Absalon. Et loin de sa présence
Son fils dut se tenir, quoique sa résidence
Fût dans Jérusalem. Après ce temps le roi
Décidé par *Joab*, l'appela devant soi ;
L'embrassa, lui rendit sa dignité passée.
Mais l'âme d'Absalon à bout était poussée.
Il voulut se venger, et pensa désormais
A supplanter son père, à prendre son palais,
A le chasser bien loin, à régner à sa place.
Du peuple il sut gagner la faveur et la grâce.
Il eut beaucoup d'amis, se fit des partisans,
Se vit environné d'un grand nombre de gens,
Et d'une armée enfin. Or un jour on vint dire
A David qu'Absalon cherchait à s'introduire
Dans les murs de la ville avec des gens armés.
Les amis de David soudain sont alarmés.

G

On fuit... David s'en va suivi de six cents braves.
Absalon et les siens s'avancent sans entraves,
Et de Jérusalem prennent possession
Dans le palais du roi l'on proclame Absalon
Souverain d'Israël, après la déchéance
De son père David, attendu son absence.
Le bras droit d'*Absalon* était *Achitopel*
Partisan de Saül, et l'ennemi mortel
De David et des siens. Il voulait que de suite
On poursuivît le roi, qu'on le prît dans sa fuite.
Achis le détourna bientôt de ce dessein.
Pendant ce temps David traversa le Jourdain.
Il se fortifia, vit croître son armée,
Absalon le joignit lorsque fut épuisée
L'ardeur de ses soldats. Le combat s'engagea
Dans des champs étendus. David se ménagea ;
Divisa sagement ses braves en trois bandes.
De l'une et l'autre part, les pertes furent grandes.
Absalon prit la fuite, et son coursier fougueux
Le laissa suspendu par ses épais cheveux
Sous les branches d'un chêne. Or Joab de sa lance
Vint bientôt l'y percer. Il fit prendre l'avance
A deux de ses guerriers pour le dire à David.
Ce fut avec douleur que ce grand roi l'apprit.
Il pleura sur la mort de son enfant rebelle,
Quoiqu'il eût mérité cette fin si cruelle.
Absalon expiré, ses partisans vaincus,
Israël et Juda furent bientôt rendus
Au sceptre de *David*, qui rentra dans sa ville,
Pour y finir ses jours plus heureux, plus tranquille.
Les Philistins vaincus à lui s'étant soumis,
Il se vit délivré de tous ses ennemis.

Récit XXXIX.

FIN DU RÈGNE DE DAVID. — SALOMON.

—

David avait conçu l'orgueilleuse pensée
De nombrer Israël. *Gad*, l'âme courroucée,
Vint bientôt le trouver de la part du Seigneur,
Et lui dit qu'il avait excité sa fureur.
« Choisissez (car Dieu va décharger sa colère),
« Ou sept ans de famine, ou bien trois mois de guerre
« Que vous feront, dit-il, de cruels ennemis ;
« Ou bien la peste enfin, et tout votre pays
« Pendant trois jours entiers subira ses ravages.
« — Ah! répondit le roi, soyons prudents et sages.
« Il vaut bien mieux tomber entre les mains de Dieu
« Qu'en celles des mortels. Sans relâche, en tout lieu
« Ceux-ci causent du mal, sont sans miséricorde,
« Tandis que le Seigneur presque toujours accorde,
« Quand on est repentant, indulgence et pardon.
« J'accepterai la peste avec soumission. »
David, dans un seul jour, vit soixante et dix mille
De ses sujets tomber, au dehors, dans la ville,
Sous les coups du fléau qu'il avait accepté.
Mais dans son cours ce mal fut soudain arrêté,
Le roi fléchit le ciel par son humble prière.
Le Seigneur fit cesser la peste meurtrière.
David prenait de l'âge, Adonias, son fils,

Voulait lui succéder ; tous ses plans étaient pris.
Il avait des coursiers, s'était fait une suite.
Un beau jour à sa table il appelle, il invite
Ses plus grands partisans. On le proclame roi.
Il pense, il croit déjà que le trône est à soi.
Mais déjà la couronne avait été promise
Au fils de Betzabée, et devait être mise
Sur son front glorieux. Or c'était Salomon
Qui devait succéder à son père en *Sion*.
Il fut sacré. *Sadoc* fit ce pieux office
Après avoir offert à Dieu son sacrifice.
Adonias, honteux de se voir rejeté,
Ne voulant se soumettre à son autorité,
Suivi de ses amis, alla cacher sa honte
En pays étranger ; et sa fuite fut prompte.
David près de son lit, avant que de mourir,
Appela Salomon. S'empressant de venir,
Salomon entendit ses volontés dernières.
Le vieux roi s'éteignit, alla joindre ses pères.
Or Salomon en tout suivit, exécuta
Les ordres de David. D'abord il châtia
Joab et *Séméi...* Pour affermir son trône,
Sur celle de l'Égypte appuyant sa couronne,
Il épousa *Sulam*, fille de Pharaon.
Pour y sacrifier, il vint à Gabaon.
Le Seigneur lui parla dans le secret d'un songe ;
Lui dit de demander sans détour, sans mensonge
Tout ce qu'il désirait. Ce grand roi demanda
La sagesse. Aussitôt le ciel la lui donna.
Dieu lui promit encor la richesse et la gloire
Au delà de ce que le monde pourrait croire.
Bientôt aux yeux de tous Salomon fit briller

Ce grand don du Seigneur. On vint le consulter
Sur le sort d'un enfant que réclamaient deux mères.
« Qu'on le partage en deux, dit-il à ses sicaires ;
« Et chacune en aura pour sa part la moitié. »
Mais l'une s'écria de douleur, de pitié :
« De grâce, qu'on le donne entier à l'autre femme !...
« — Non !... qu'on le coupe en deux, » répondit cette in-
Salomon prononça dès lors son jugement,   [fâme.
A celle qui pleurait fit rendre son enfant.

Récit XL.

CONSTRUCTION ET DÉDICACE DU TEMPLE DE SALOMON, ETC.

—

Salomon, grâce au zèle, aux exploits de son père,
Se voyant délivré des soucis de la guerre,
Voulut exécuter le projet de David
En construisant le temple : or Nathan l'avait dit.
Hiram, prince de Tyr, l'ami le plus intime
De David et le sien dans cette œuvre sublime
Consentit à l'aider. Il lui fournit le bois
Pour la construction, et la pierre à la fois.

6.

Cent mille hommes et plus firent cette corvée
Dans les monts du Liban, pendant plus d'une année.
Le bois, on l'envoyait par les eaux de la mer ;
On avait, on taillait la pierre avec le fer.
Mais le bruit du marteau ne se fit pas entendre
Alors qu'on construisait. Les pierres pour se joindre
Et pour se réunir n'avaient point de ciment.
L'édifice fut fait comme dans un moment.
Il avait dans son long deux fois trente coudées ;
Vingt en large. En haut trente y furent mesurées.
Un portique superbe, et de même hauteur,
Ornait le monument dans toute sa largeur.
Il était en dedans doublé de boiseries.
On y voyait briller l'or et les pierreries ;
Et l'autel en était couvert entièrement.
C'était l'or le plus pur, et le plus pur diamant.
Salomon fit dresser le *propitiatoire*
Avec ses *chérubins*, au fond de l'oratoire ;
Ils étaient d'or massif. Il fit la mer d'airain,
Et tous les instruments nécessaires enfin
Pour l'accomplissement des divers sacrifices ;
Encor les ornements propres aux saints offices.
Quand tout fut achevé, les anciens d'Israël,
S'en vinrent par tribus, pour faire au Dieu du ciel
De ce temple sacré la sainte dédicace.
Les prêtres en portant l'arche, courbaient la face :
On vint la déposer religieusement
Dans le grand sanctuaire, au fond du monument.
Salomon immola d'innombrables victimes :
On faisait retentir les chants les plus sublimes.
Dieu se manifesta dans un nuage épais ;
Promit à Salomon le bonheur et la paix.

Il lui fit le serment que ceux qui dans ce temple
Viendraient pour demander des bienfaits, par exemple,
Ils verraient exaucer leurs vœux tout aussitôt,
Par la toute-puissance et les soins du Très-Haut.
Pendant huit jours entiers se prolongea la fête.
Des enfants d'Israël la joie était parfaite.
Puis chaque année ensuite ils vinrent célébrer
La même dédicace, à Dieu se consacrer...
Salomon construisit encore pour lui-même
Un palais magnifique, avec un art extrême.
Outre le bois, la pierre et les matériaux
Que lui fournit *Hiram* pour tous ces grands travaux,
Il envoya de Tyr un ouvrier habile
Qu'on nommait comme lui, et qui fut très-utile.
Il dressa par son art deux colonnes d'airain
Avec leurs chapiteaux, leur sublime dessin,
Et Salomon les mit au devant du portique,
Pour en faire à jamais l'ornement magnifique.
Il fit également pour la reine un palais,
En tout pareil au sien par le soin et les frais.
Il eut même grandeur, même magnificence ;
Il fut du même éclat, de la même élégance.
Pharaon assigna la ville de *Gazer*.
Pour la dot de sa fille, au fond dn grand désert.
Dans ce même pays Salomon fit construire
Encore *Bethoron*, *Balaat* et Palmyre.
Il fit environner de murs et de fossés,
Qui furent par lui-même en grand nombre tracés,
Des forts et des châteaux, les villes sans défense.
Il ne manquait plus rien à sa grande puissance.
Partout se répandit la gloire de son nom ;
Partout on ne parlait que du grand Salomon.

Récit XLI.

LA REINE DE SABA A JÉRUSALEM.
GLOIRE DE SALOMON.

—

La reine de *Saba* justement curieuse
D'aller vers *Salomon*, de l'*Arabie* Heureuse
Vint à *Jérusalem*, emmenant des chameaux
Chargés d'or, de parfums, des plus riches cadeaux,
Qu'elle voulait offrir à ce prince si sage,
Si riche, si puissant, que jamais davantage
Sur la terre aucun roi ne put le devenir...
Elle vint pour le voir avant que de mourir...
Lorsque ce grand monarque eut fait de sa science,
De ses inventions et de son opulence
L'étalage complet, cette reine avoua
Qu'elle n'aurait jamais pu croire tout cela,
Si ses yeux n'avaient pas contemplé ces merveilles,
Si tant d'instruction n'eût frappé ses oreilles.
Elle lui fit présent de deux cents talents d'or,
Lui donna des parfums, et mille objets encor.
Salomon regorgeait de biens et de richesse ;
Ses coffres, ses trésors se remplissaient sans cesse.
Chaque année il avait des gens et des vaisseaux
Qui, joints à ceux d'*Hiram*, s'en allaient sur les eaux,
Lui recueillir au loin des quantités immenses
D'or, d'ivoire, d'argent pour toutes ses dépenses.
Il fit fondre et couler deux cents boucliers d'or,

Qu'il mit dans son palais comme un brillant trésor.
De ce même métal on fit trois cents armures
Qu'il conservait aussi comme autant de parures.
Son trône était d'ivoire, tout émaillé d'or fin.
Il avait un aspect magnifique, divin.
Douze degrés servaient pour monter jusqu'au siége,
Six de chaque côté. L'on voyait le manége
De douze lionceaux finement ciselés,
Et placés en avant de chacun des degrés...
Partout l'accompagnaient de nombreux domestiques,
Parés de vêtements, d'ornements magnifiques.
On voyait dans ses parcs, dans ses jardins royaux
Des plantes et des fleurs, des bêtes, des oiseaux
Pris dans tous les pays, des bassins, des rivières,
Des taillis, des massifs, des fourrés, des clairières ;
Enfin tout ce qui peut flatter et charmer l'œil.
Salomon s'en faisait un légitime orgueil.
Il avait des chevaux, des voitures sans nombre.
Le cuivre n'était rien, et l'argent n'était qu'ombre ;
L'or était tout chez lui. Les vases du palais
Étaient de ce métal le plus fin, le plus frais.
Rien n'égalait l'éclat ni la magnificence
De ses appartements. Tout n'était que plaisance,
Confortable, agrément, objets délicieux.
Salomon des mortels était le plus heureux.
Sachant bien qu'au Seigneur il était redevable
De la gloire, des biens, du bonheur ineffable
Dont il était comblé, souvent il lui faisait
L'offrande de brebis, de bœufs qu'il immolait.
Son savoir étendu, sa piété parfaite,
Son grand et noble cœur l'élevèrent au faîte
De l'honneur, de la gloire entre les autres rois,

Qui des pays voisins chaque année une fois
Lui faisaient des présents, afin de rendre hommage
Aux vertus, aux talents d'un monarque aussi sage.
Pendant plus de trente ans il fut fidèle à Dieu ;
Il se fit respecter, honorer en tout lieu.

Récit XLII.

FIN DU RÈGNE DE SALOMON. — DIVISION DE SON ROYAUME.

—

Le Seigneur avait fait une défense expresse
Aux enfants d'Israël qu'il dirigeait sans cesse
Par ses lois, ses avis et ses instructions,
De se mésallier avec les nations
Qui ne l'adoraient point, qui devant des idoles,
De leur culte infernal, exécrables symboles,
Offraient un vain encens, se mettaient à genoux.
Rois, princes et sujets, la loi était pour tous...
Salomon, oubliant son ancienne sagesse,
Ce qu'il devait à Dieu, mais surtout la promesse
Dont il s'était lié, de l'adorer toujours,
S'abandonna sans frein aux coupables amours
Que la loi proscrivait, et pour comble d'insulte,
Des peuples étrangers il embrassa le culte.
Le Seigneur irrité lui dit pour le punir

Que plus il ne devait compter à l'avenir
Sur sa protection; que son empire même
Serait après sa mort, poursuivi d'anathème;
Qu'un autre que son fils après lui régnerait
Sur dix de ses tribus, dont il s'emparerait;
Et que son fils n'aurait que la moindre partie
Du peuple d'Israël pour sujette et amie.
Le Seigneur tint parole... Or, quant à Salomon,
On a toujours douté de sa conversion.
Depuis qu'il trahit Dieu, son plus grand adversaire
Ce fut *Jéroboam*. Il voulut s'en défaire
Et lui donner la mort, parce que le Seigneur,
Par la voix d'*Ahias*, dit qu'il serait l'auteur
De la division de son vaste royaume,
Et que sur dix tribus devait régner cet homme.
Jéroboam s'enfuit en pays étranger,
De la sorte évita le terrible danger
Dans lequel le tenait la fureur de son prince.
Il alla vers l'Égypte, et dans une province
Il vécut en repos jusqu'au jour où la mort
Enleva Salomon; car il subit le sort
Du reste des humains, après quarante années
De règne et de pouvoir qui lui furent données.
Son aîné *Roboam*, quitta Jérusalem
Pour se faire sacrer, se rendit à *Sichem*.
De nombreux députés des tribus s'y trouvèrent;
Jéroboam aussi. Tous ils lui demandèrent
De leur ôter le joug trop dur et trop pesant
Dont les avait chargés son père en finissant.
Roboam ayant pris conseil de la vieillesse,
Parut y consentir. Mais bientôt la jeunesse
Lui fit changer d'avis. Il répondit enfin,

Que son père n'avait été que trop humain,
Qu'il les accablerait encore davantage.
Aussitôt s'alluma la fureur et la rage
Au cœur de ses sujets. Alors *Jéroboam*
S'établissant leur chef, détrôna *Roboam*.
Dix tribus d'Israël pour roi le reconnurent.
Benjamin et Juda toutes seules voulurent
Proclamer Roboam, qui vers *Jérusalem*
S'en revint aussitôt en maudissant *Sichem*.
Ses soldats étant plus de cent quatre-vingt mille,
Avec eux il marcha (mais ce fut inutile)
Contre Jéroboam. Le prophète de Dieu
L'arrêta, lui disant qu'il devait de ce lieu
Les renvoyer chez eux; qu'autrement la colère
Du Seigneur irrité, d'une triste manière
Éclaterait sur lui. Roboam obéit.
Ainsi sur Israël sa royauté finit.

Récit XLIII.

JÉROBOAM Ier, ROI D'ISRAËL. — SON APOSTASIE. SON CHATIMENT.

—

Jéroboam, jaloux de conserver l'empire
Qu'il venait d'acquérir, et jugeant que le pire
Serait que ses sujets pour leur religion,
Revinssent chaque année au temple de Sion,

Afin d'offrir à Dieu les divers sacrifices
Que la loi exigeait, et pour les saints offices ;
Il fit des dieux d'airain, et devant leur autel
Vinrent se prosterner les enfants d'Israël.
Le Seigneur irrité fit venir son prophète
Devant ce roi impie. Il secoua la tête,
Lui dit que dans un jour un autre détruirait
Tout ce qu'il avait, lui, sacrilégement fait.
Après avoir rempli cette mission sainte,
Le prophète de Dieu perd un moment sa crainte,
Et comme il revenait par le même chemin
Qui l'avait amené jusqu'à ce souverain,
Il enfreignit de Dieu la défense formelle,
Osa s'en détourner. D'une façon cruelle
Il expia bientôt sa faute et son erreur :
Un lion le tua par ordre du Seigneur.
Contre *Jéroboam* sa rigueur, sa colère
Sévit également. Son fils qui n'était guère
Agé que de deux ans fut malade à la mort.
Son père, pour savoir si ce funeste sort
Lui serait destiné, fit aller son épouse
Vers un homme de Dieu. Cette femme, jalouse
De n'être point connue, elle changea d'habit.
Mais dès qu'il l'aperçut, le prophète lui dit :
« En vain vous vous cachez, et vous êtes la reine ;
« Car Dieu par sa vertu puissante et souveraine
« Vous dévoile à mes yeux. Oui, votre enfant mourra,
« Et de Jéroboam la race périra. »
Lareine s'en alla chagrine, soucieuse,
Et fut dès ce moment encor plus malheureuse
A peine elle arrivait... l'enfant mourut, hélas !
Selon ce qu'avait dit le prophète *Ahias*.

7

Jéroboam régna quarante-deux années
Sur les dix des tribus qui lui furent données;
Et Roboam dix-sept sur *Juda* seulement.
Ils ne vécurent point d'accord un seul moment.
Roboam ne fut pas plus pieux ni plus sage
Que le roi d'Israël. Il dressa sous l'ombrage
Des arbres ,des coteaux, des dieux et des autels,
Que *Juda* vint en foule, à des jours solennels,
Honorer, leur offrant l'encens d'un culte impie.
Mais bientôt le Seigneur châtia sa folie.
Roboam était roi depuis près de cinq ans
Quand *Sézac*, roi d'Égypte, avec ses combattants,
Vint sur *Jérusalem*, l'assiégea par surprise,
Pénétra dans les murs, enlevant à sa guise
Les biens et les trésors de la maison de Dieu,
Tout ce que Salomon avait dans ce saint lieu
Ramassé d'ornements, de beautés, de richesses,
Et les boucliers d'or, et les plus rares pièces.
Abia, successeur et fils de Roboam,
Fut méchant comme lui. Contre *Jéroboam*,
Les trois ans qu'il régna, sans cesse il fut en guerre.
Aza vint après lui, mais il fut débonnaire;
Il se montra prudent, sage et religieux.
D'abord il détruisit les autels des faux dieux.
Après *Jéroboam*, *Nadab* se vit le maître
Du trône d'*Israël*. Comme il voulait soumettre
La tribu de Juda, le roi sacrifia
Beaucoup d'or et d'argent par lequel il gagna
Le secours et l'appui du roi de la Syrie,
Et refoula *Nadab*. Nadab perdit la vie
De la main d'un méchant et d'un usurpateur,
Baaza c'est son nom. Sans peine et sans horreur

Du roi *Jéroboam* il détruisit la race,
De la sorte accomplit la sanglante menace
Qu'avait faite *Ahias* contre ce mauvais roi
Qui n'avait respecté ni son Dieu ni sa foi.

Récit XLIV.

ACHAB, ROI D'ISRAËL. — LE PROPHÈTE ÉLIE.

Après qu'il eut servi sa cause et sa justice,
Au tyran *Baaza* Dieu ne fut point propice.
Il avait augmenté les péchés d'Israël,
Et l'avait détourné de son culte immortel.
Irrité contre lui comme contre les autres,
Le Seigneur fit venir l'un de ses grands apôtres,
Jéhu, qui lui prédit qu'arriverait un jour
Où son nom périrait sans grâce et sans retour.
Son fils, après sa mort, dut monter sur le trône ;
Il avait nom *Éla*. Mais bientôt la couronne
Chancela sur son front. Un de ses officiers,
Zamri, dans un repas, suivi de ses archers,
Le surprit, l'immola, lui, toute sa famille,
Ses proches, ses amis, sans que ni fils ni fille
Restât pour lui survivre et propager son nom.
C'était de *Baaza* la malédiction.
Isrël assiégeait une place ennemie

Quand on sut que *Zamri* venait d'ôter la vie
A son roi dans *Therza*. Grand fut l'étonnement,
Grande fut la stupeur de tous en ce moment :
On cesse le combat ; tous les guerriers ensemble
Viennent pour l'attaquer. *Zamri* s'émeut et tremble.
Il s'enferme tout seul bientôt dans le palais,
Y fait mettre le feu, s'y consume à jamais.
Amri fut désigné par la voix populaire
Pour régner après lui ; car il avait su plaire
Aux soldats d'*Israël*. Il fut des plus méchants ;
Il bâtit Samarie, et gouverna dix ans.
Achab lui succéda, fut encore bien pire
Que son père et que tous les rois de cet empire.
Le Seigneur, pour punir avec sévérité
L'audace et la fureur de son impiété,
Défendit qu'il tombât une goutte de pluie
Pendant près de trois ans ; et le prophète *Élie*
Fut chargé d'annoncer au roi ce châtiment.
Il vient donc le trouver par son commandement ;
Lui dit que le Seigneur allait, dans sa colère,
Tarir les eaux du ciel et celles de la terre.
Il vint près d'un torrent qu'on appelait *Carith*
(Là, pendant quelque temps, un corbeau le nourrit) ;
Ensuite à Sarephta, quand l'eau fut desséchée,
Au pays de Sidon. Or, sans qu'il l'ait cherchée,
Une femme en chemin se trouva devant lui :
« Voudriez-vous, lui dit-il, voudriez-vous aujourd'hui
« Me nourrir s'il vous plaît? — « Je n'ai plus qu'un peu
                                    [d'huile,
« Guère plus de farine... Oui, pour vous être utile,
« Je vais vous préparer un modeste repas.
« Puis mon enfant et moi nous irons au trépas.

« — Eh bien ! dit le prophète, apportez la farine,
« L'huile que vous avez. Par la vertu divine
« Du Seigneur tout-puissant, cette provision
« Ne subira jamais de diminution,
« Quoique vous y puisiez, tant que la sécheresse
« Régnera dans ces lieux. » Cette femme s'empresse
D'apporter ce qu'elle a, de bien le préparer.
Elle, son fils, Élie, eurent de quoi manger.
Puis la mère et l'enfant chaque jour se nourrirent,
Et ces provisions pour eux deux ne finirent
Que lorsque la famine eut cessé dans ce lieu,
Selon ce qu'avait dit le prophète de Dieu.
Or, quelque temps après, l'enfant de cette femme
Fut malade à la mort ; et la douleur dans l'âme,
Elle vint vers Élie, elle le conjura
De le ressusciter. Elle le lui donna.
Le prophète le prend et le met sur sa couche,
En priant le Très-Haut. Il s'étend, il se couche
Sur les membres glacés de ce petit enfant,
Et lui rend la chaleur, la vie au même instant.

Récit XLV.

ÉLIE ET LES PRÊTRES DE BAAL.

L'indigne *Jésabel* d'Achab était l'épouse.
Des prophètes de Dieu tant elle était jalouse,

Qu'elle les faisait prendre et mourir aussitôt.
Un seul n'eut survécu des prêtres du Très-Haut
Si le juste Abdias, chargé de l'intendance
De la maison du roi, n'eût su par sa prudence
En soustraire un grand nombre à sa noire fureur,
Et préserver ainsi les élus du Seigneur.
D'*Ethbaal* de Sidon, fière et royale fille,
Pleine des préjugés de sa noble famille,
Jésabel protégeait les prêtres de Baal,
Et ne reconnaissait que leur culte infernal.
Un jour qu'Achab allait à travers la campagne,
Pour voir s'il trouverait au pied d'une montagne
Et dans quelque vallée une fontaine d'eau,
Élie, en son chemin, vint au nom du Très-Haut
L'arrêter, et lui dit de le suivre de suite.
Achab le voulut bien. Il l'emmène au plus vite.
Ils arrivent ensemble au haut du mont *Carmel.*
« Ici, lui dit Élie, il faut que d'*Israël*
« On convoque aussitôt la nombreuse assemblée.
« Il faut également qu'ici soit amenée
« Des prêtres de *Baal*, que *Jésabel* nourrit,
« La troupe tout entière. » A son ordre on le fit.
Quand tous furent présents, Israël et les prêtres,
S'adressant aux premiers : « Pourquoi de vos ancêtres
« Avez-vous donc quitté, dit-il, le culte saint?
« Et l'ordre du Seigneur, que l'avez-vous enfreint?
« Aujourd'hui, parmi vous, je suis le seul prophète
« Du vrai Dieu, vers lequel je vais lever la tête
« Pour obtenir de lui qu'il confonde en ce jour
« Tous ceux qui vous ont fait mépriser son amour.
« Vous n'hésiterez point, et si *Baal* l'emporte,
« S'il paraît plus puissant que ce Dieu qui vous porte

« Comme il l'a dit lui-même, entre ses bras divins,
« Vous quitterez sa loi, ne serez plus ses saints.
« Mais si Dieu veut montrer aujourd'hui sa puissance,
« Et briser à jamais l'orgueil et l'arrogance
« Des prêtres de Baal, revenez au Seigneur,
« A sa religion du fond de votre cœur. »
Puis s'adressant ensuite à ces prêtres eux-mêmes,
Et les menaçant tous des divins anathèmes :
« Il vous faut, leur dit-il, élever en ce lieu
« Des bûchers pour offrir vos vœux à votre Dieu.
« Mettez sur ces bûchers, entassez des victimes.
« Nous verrons si *Baal* du fond de ses abîmes
« Vous enverra du feu pour les faire brûler :
« Je vais également mettre sur un bûcher
« Le corps mort d'un taureau. Mon Dieu, par sa puissance,
« Cédant à ma prière, oui, je le dis d'avance,
« Fera venir sur lui le feu du haut du ciel
« Qui le consumera. De son culte immortel
« Alors éclatera la sainteté suprême.
« Vous serez convaincus d'erreur et de blasphème. »
Les prêtres de Baal jusqu'aux deux tiers du jour
Invoquèrent leur dieu ; mais il se montra sourd.
Le prophète après eux commença sa prière ;
Et l'on vit aussitôt descendre sur la terre
Et sur son sacrifice un feu miraculeux,
Qui vint dans un instant consumer sous les yeux
D'Israël tout entier, l'autel et la victime.
Dieu fit paraître ainsi sa puissance sublime.
Les prêtres de *Baal* surpris et consternés,
Tous, par l'ordre d'Élie ils furent condamnés
A mourir sur-le-champ. Quand la chose fut faite :
« Achas, dépêchez-vous, lui dit le saint prophète,

« De préparer vos chars, d'atteler vos chevaux.
« J'entends dans le lointain le bruit des grandes eaux
« Qui vont faire cesser le fléau si terrible
« Dont Dieu vous affligeait. Il s'est montré sensible
« Aux prières, aux vœux, aux supplications
« Que les saints d'Israël et moi nous lui faisions. »

Récit XLVI.

ÉLIE ET JÉSABEL. — NABOTH.

La reine Jésabel apprit la mort tragique
Des prêtres de Baal. Son âme satanique
Transportée aussitôt d'une noire fureur,
Jura d'exterminer l'apôtre du Seigneur.
Mais il n'attendit pas que cette femme impie
Vînt s'emparer de lui pour lui prendre la vie.
Il marcha tout un jour du côté du désert.
Le soir il s'endormit sous le feuilage vert
D'un arbre, auprès duquel la nuit il vit en songe
Le Seigneur qui lui dit : « Élie, apprends, et songe
« Qu'il te reste un chemin bien long à parcourir.
« Mais pour que ton courage aille sans défaillir,
« Prends ce pain que tu vois caché sous la racine
« De l'arbre qui t'abrite, et sa force divine

« Te soutiendra longtemps... Élie, éveille-toi! »
Élie en s'éveillant, et revenant à soi,
Prend ce pain, il le mange et se remet en marche.
Pendant quarante jours sans s'arrêter il marche,
Arrive au mont Horeb. Là dans un autre creux
Il se cache, il attend l'ordre du roi des cieux.
Le Seigneur apparut encore à son prophète,
Et lui dit de partir de son humble retraite ;
Lui commande d'aller sur le sol *syrien*,
A travers le désert, par le même chemin
Qui conduisit ses pas à la sainte montagne.
Élie en voyageant trouva dans la campagne
Le fameux *Élisée*. Il labourait un champ.
Il l'aborde, et lui met son manteau sur-le-champ.
Élisée étonné s'émeut de cette chose...
Mais bientôt il comprend. Sans demander la cause
Au prophète de Dieu, de cet événement,
Il lui dit de vouloir qu'il aille seulement
Embrasser ses parents avant que de le suivre.
« Puis à vous je serai le temps que je dois vivre! »
Élie avait agi par l'ordre du Seigneur.
Dès cette heure *Élisée* en lui donnant son cœur
L'accompagna partout... Encore il devait oindre
Pour régner en Syrie, *Hasaël* qu'il fut joi
Et trouver à Damas. Enfin pour Israël
Il consacra Jéhu selon l'ordre du ciel.
Achab sur *Benadad* remporta deux victoires ;
Mais aux yeux du Seigneur ces deux insignes gloires
Ne lui valurent rien. Il avait épargné
Celui que le Très-Haut avait, lui, dédaigné.
Ce qui du Tout-Puissant enflamma la colère
Contre la reine et lui, c'est l'humeur sanguinaire

7.

Qui porta *Jésabel* à détruire Naboth,
Il fut victime, hélas! d'un infâme complot,
Parce qu'il n'avait pas voulu vendre sa vigne
Que convoitait Achab. Par un forfait insigne
Et détesté du ciel, Achab s'en empara.
Le prophète de Dieu devant lui se montra,
Lui reprochant son crime et sa noire injustice :
« Il faudra, lui dit-il, que ta race périsse,
« Comme ont péri la race et le nom de *Joram*,
« Indigne successeur du roi Jéroboam,
« Comme de *Baaza* la race s'est éteinte
« Parce que du Seigneur ils n'avaient point la crainte ;
« Et les chiens lécheront ton sang au même endroit
« Où celui de Naboth, contre tout juste droit,
« A rougi le pavé par l'ordre de ta mère.
« Ainsi du Tout-Puissant sévira la colère.
« La reine *Jésabel* aura le même sort,
« Et tous deux vous aurez une cruelle mort! »

———oo⚬oo———

Récit XLVII.

MORT D'ACHAS. — OCHOSIAS, ROI D'ISRAËL.

—

La paix régna trois ans près entre la Syrie
Et le roi d'Israël. Une armée ennemie
A *Ramoth*, *Galaad* vint soudain s'établir,

Menaçant de tout prendre et de tout envahir.
Achab ne voulant point combattre en cette affaire
Tout seul et sans appui, prit pour auxiliaire
Le vaillant *Josaphat* qui régnait sur Juda
En prince juste et droit, depuis la mort d'Aza.
Achab, roi d'Israël, consulta ses prophètes,
Qui tous de l'avenir se disant interprètes,
Lui promirent d'avance un prompt et plein succès.
Pour le roi *Josaphat* ce ne fut pas assez.
Il voulut s'adresser au prophète *Michée.*
Sa résolution fut d'abord empêchée
Par le roi d'*Israël*... Mais il le fit venir.
Il dut, comme ceux-là, parler sur l'avenir.
Il parut en effet, dit avec assurance
Que le roi Josaphat agissait d'imprudence,
En s'alliant avec le peuple d'Israël ;
Que telle n'était pas la volonté du ciel ;
Mais qu'Achab en tout cas n'aurait pas la victoire,
Et qu'il succomberait sans honneur et sans gloire.
Achab, plein de fureur, fit lier, enchaîner
Le prophète Michée, et le fit amener
Au fond d'une prison malsaine, étroite, obscure,
Traitant tous ses discours de méchanceté pure ;
Disant qu'il n'avait eu que malédictions
De la part de cet homme à fausses visions.
Les deux rois au combat ensemble s'engagèrent
Contre les *Syriens.* Mais d'abord ils changèrent
De costume et d'habit, afin de les tromper.
Achab pensait par là pouvoir leur échapper.
Josaphat fut d'abord celui qu'ils assaillirent
De leurs plus grands efforts. Tout d'abord ils le prirent
Pour le roi d'Israël ; mais Josaphat pria,

Se fit connaître d'eux pour le roi de Juda.
Pendant que sur Achab on se portait en masse,
Et que chacun cherchait à l'attaquer en face,
Il fut par un soldat frappé d'un coup mortel,
Et transpercé d'un trait que dirigea le ciel.
Le sang qui s'échappait de sa large blessure,
Et découlait sur lui, le long de son armure,
Ruissela dans le char : les rênes des chevaux
S'en rougirent aussi, trempèrent dans ses flots.
Le roi mort, on sonna promptement la retraite ;
Du peuple d'Israël grande fut la défaite.
Achab fut enterré non loin de son palais.
Pendant qu'à la fontaine on lavait les harnais
Et les rênes du char, les chiens de Samarie
Vinrent lécher le sang de ce monarque impie.
Ainsi tout ce qu'avait prédit l'homme de Dieu,
On le vit arriver, s'accomplir dans ce lieu.
Son fils Ochozias prit aussitôt sa place.
Il ne démentit point ni son nom ni sa race.
Aussi méchant qu'Achab, il déplut au Seigneur,
Dont bientôt contre lui s'alluma la fureur.
Un jour, de son palais, comme il était malade,
Il fit pour *Accaron* partir une ambassade
Afin de consulter le dieu Béelzébuth
Sur son sort à venir. *Élie* alors le sut...
Par l'ordre du Seigneur il vient à la rencontre
Des gens d'Ochozias. D'abord il leur remontre
Leur noire impiété ; leur dit de retourner
A leur maître et leur roi... Ceux-ci de s'étonner.
Le saint prophète insiste : « Allez à votre maître,
  Dites-lui de ma part que Dieu m'a fait connaître
  Ce qu'il voulait savoir, et qu'il mourra bientôt.

« *Béelzébuth* n'est rien, lui seul est le Très-Haut! »
Ochozias sans plus envoya cinquante hommes.
Revenant vers Élie, ils lui dirent : « Nous sommes
« Ici pour t'emmener, marche et viens avec nous. »
Le prophète de Dieu les extermina tous.
Car le feu descendit du ciel à sa parole
Pour punir leur démarche insensée et frivole.
Une autre bande vint, elle eut le même sort.
La troisième échappa par miracle à la mort,
Élie en la suivant vint au lit du monarque,
Et lui dit : « Vous mourrez, c'est Dieu qui me le marque. »
Ochozias mourut, ne régna que deux ans.
Il doit être rangé parmi les rois méchants.

Récit XLVIII.

ENLÈVEMENT D'ÉLIE.—PREMIERS MIRACLES D'ÉLISÉE.

—

Après *Ochozias* ce fut *Joram*, son frère,
Qui dut lui succéder au trône héréditaire.
Il n'avait pas d'enfants... Josaphat, fils d'Aza,
Depuis dix et huit ans, gouvernait dans Juda.
Et ce dernier devait régner sept ans encore.
Élie, en ces jours-là, devait finir et clore
Le temps de sa sublime et sainte mission.

Le Seigneur lui donna cette prévision.
Il prit donc avec lui le prophète *Élisée*.
Du fleuve du Jourdain l'onde fut divisée
Par le miraculeux contact de son manteau.
Ils vinrent, le pied sec, à l'autre bord de l'eau.
Et puis se dirigeant vers la sainte montagne
Qu'on nomme le *Carmel*, à travers la campagne;
Quand ils furent tous deux arrivés au sommet,
Sous les yeux d'Élisée étonné, stupéfait,
Élie au haut des cieux, sur un char de lumière,
Fut enlevé soudain. « O mon père, ô mon père!
« S'écriait Élisée, ô docteur d'Israël! »
Tout à coup, il sentit sur soi tomber du ciel
Le manteau de son maître. A ce moment d'Élie
Il reçut tous les dons, celui de prophétie
Et celui du miracle... Or partout on apprit
Que d'Élie Élisée avait le double esprit.
Il quitta la montagne, il regagna les rives
Du *Jourdain* dont les eaux ne furent point tardives
A s'ouvrir devant lui par la même vertu
Du manteau de son chef, dont il était vêtu.
Les prophètes voisins (leur conduite fut sage)
A cet homme de Dieu vinrent tous rendre hommage.
Il n'en fut pas ainsi de bon nombre d'enfants,
Qui vinrent l'assaillir de propos offensants.
Deux ours sortant bientôt de la forêt voisine,
Exercèrent contre eux la vengeance divine.
Et dans quelques moments, ces cruels animaux
Avec griffes et dents les mirent en morceaux.
Car aux hommes de Dieu la jeunesse et l'enfance,
Doivent toujours respect, amour, reconnaissance.
Joram, le roi d'*Édom*, et le roi de *Juda*,

A celui de *Moab*, parce qu'il refusa
De payer le tribut, firent tous trois la guerre.
Dans le camp d'Israël une disette entière
D'eau de source et de puits, se fit bientôt sentir;
Le prophète de Dieu dans ces lieux dut venir,
Pour dire quel serait le sort de la campagne.
« Ne craignez rien, dit-il, car Dieu vous accompagne;
« De tous vos ennemis, oui, vous triompherez.
« Dieu me montre de plus que demain vous boirez,
« Non pas de l'eau du ciel, mais de l'eau de rivière.
« Car ce torrent à sec, rempli par ma prière,
« Roulera devant vous ses flots impétueux;
« Et vous aurez ce dont vous êtes désireux.
Tout arriva selon le dire du prophète;
Et le roi de *Moab* forcé dans sa retraite,
Immola sur les murs de l'une des cités
Qu'on assiégeait, son fils... Surpris, déconcertés,
Les enfants d'Israël alors se retirèrent,
Et tous ceux de Juda, d'Édom les imitèrent.
Mais ils l'avaient déjà puni cruellement.
En ravageant ses bourgs, ses champs également.
Un jour, qu'il voyageait, le prophète *Élisée*
S'entendit appeler. En pleurs et désolée,
Une femme lui dit : « J'ai perdu mon époux.
De dettes accablés, il nous a laissés tous,
Mes deux enfants et moi. Le créancier sévère
Veut prendre mes deux fils, les ravir à leur mère,
Parce que je n'ai pas de biens pour le payer.
« Rassurez-vous, vos pleurs vont bientôt s'essuyer,
« Répond l'homme de Dieu. Dites ce qui vous reste
« De vos provisions ? — Un vase très-modeste,
« Où l'huile seulement ne va pas à moitié.

« — Allez ; du Tout-Puissant le bras n'est point lié.
« Votre huile coulera pour remplir tous les vases
« Que vous avez chez vous, quelles qu'en soient les bases. »
Cette femme obéit ; elle eut de quoi payer
Avec le prix de l'huile un si dur créancier.

Récit XLIX.

GUÉRISON DE NAAMAN. — LA SUNAMITE.

—

Élisée à *Sunam* fit un double prodige.
Une femme opulente, admirant le prestige
De cet homme de Dieu, voulut dans sa maison
Lui préparer un jour une habitation.
Elle mit dans sa chambre une lampe, une chaise,
Une table et un lit. Le prophète à son aise
S'y reposait toujours, quand passant par ce lieu
A ses hôtes si bons il venait dire adieu.
Comme il voulait enfin envers eux reconnaître
Ce service éminent (il ne leur pouvait naître
Au monde aucun enfant ; car ils étaient tous deux
Alors d'un trop grand âge, en cela malheureux) ;
Le prophète leur dit que, grâce à la puissance
Du Très-Haut dans un an ils donneraient naissance

A un fils, cher objet de leurs plus grands désirs,
Et qu'ainsi finiraient leurs larmes, leurs soupirs.
Comme l'avait prédit le prophète Élisée,
La chose fut après ce temps réalisée.
Un jour qu'il se trouvait au sommet du *Carmel*,
Se sentant tout à coup inspiré par le ciel,
Il dit à *Giezi*, son serviteur fidèle :
« Va, je crois que quelqu'un me demande et m'appelle
« Pour lui donner secours, appui dans son malheur.
« — J'aperçois une femme ; elle est dans la douleur,
« Répondit *Giezi ;* voilà qu'elle s'avance.
« — O prophète de Dieu, quelle grande souffrance
« Accable en ce moment mon cœur désespéré !...
« Cet enfant que j'aimais, hélas ! est expiré.
« Vous me l'aviez donné, veuillez donc me le rendre.
« Puisse le Dieu du Ciel m'exaucer et m'entendre ! »
Élisée imitant ce qu'Élie avait fait
En même circonstance, eut un succès parfait.
Il rendit aussitôt cet enfant plein de vie
A sa mère, qui fut transportée et ravie.
Le prophète de Dieu trouva l'occasion
D'opérer une insigne et rare guérison.
Naaman, général en chef de la milice
De toute la Syrie, homme droit, sans malice,
Était depuis longtemps de la lèpre affligé.
De ce mal si cruel rien ne l'avait purgé.
Or, il apprit un jour de l'une des suivantes,
Alors dans sa maison, femme des plus prudentes
(Elle était d'Israël), que par l'homme de Dieu,
S'il voulait seulement s'en aller de ce lieu,
Sa lèpre assurément pourrait être guérie.
Il fallait pour cela se rendre à Samarie.

Naaman, sans tarder, emportant des présents,
Grande quantité d'or et riches vêtements,
Prenant également des lettres de son prince,
Partant de son pays et quittant sa province,
Vint jusqu'à Samarie; et le roi d'Israël
L'envoie à Elisée. Inspiré par le ciel,
Celui-ci, sans le voir, lui dit et lui commande,
A la condition qu'à son ordre il se rende,
De se plonger sept fois dans les eaux du Jourdain,
L'assurant que son corps deviendra pur et sain.
Naaman indigné, ne pouvant pas comprendre
Que cet homme de Dieu n'eût pas voulu se rendre
Auprès de sa personne afin de le toucher,
En suppliant son Dieu de venir, de chasser
Son mal et son venin par sa vertu puissante,
Dit à ses serviteurs : « Cet homme nous enchante !
« Le fleuve de *Pharphar* n'est-il pas plus divin
« Pour dissiper mon mal que celui du Jourdain ?...
« Allons, suivez-moi tous, retournons en Syrie...
« —Mais si pour vous guérir de votre maladie,
« Il avait ordonné quelque chose de plus,
« Lui dit un serviteur ?... Quoi ! par votre refus
« Vous rendrez vos efforts et son art inutile,...
« Surtout quand il s'agit de chose si facile?... »
Naaman obéit, et vint près du Jourdain;
Il s'y plongea sept fois, en sortit pur et sain.

Récit L.

FAUTE ET CHATIMENT DE GIÉZI. — AUTRES MIRACLES D'ÉLISÉE.

—

Après sa guérison, plein de reconnaissance,
Naaman vint offrir, dans sa munificence,
Les plus riches présents au prophète de Dieu.
Mais ce qu'il souhaitait vivement n'eut pas lieu.
Naaman vers Damas de nouveau prend la route.
En chemin on l'appelle ; il regarde, il écoute.
Du prophète de Dieu c'était le serviteur,
Qui venait, en mentant, pour son maître et seigneur
Chercher un talent d'or, et prendre deux tuniques
Des plus riches qu'on eût et des plus magnifiques.
Au lieu d'un, Naaman donna deux talents d'or,
Et quatre vêtements des plus brillants encor.
Giézi satisfait retourna vers son maître.
Et bien persuadé qu'il n'avait pu connaître
Son infâme action ; comme il lui demandait
Depuis qu'on l'avait vu, de quel lieu il venait.
« De nulle part, dit-il. » (Ce fut nouveau mensonge.)
Alors l'homme de Dieu lui dit : « Crois bien, et songe
« Que mon esprit t'a vu lorsque de Naaman
« Tu recevais les dons. Homme avare et méchant
« Tu seras châtié. Va, la lèpre à ta race,
« A toi s'attachera. D'une vaine menace
« Je ne veux t'effrayer : vois toi-même plutôt. »
Giézi vit sa lèpre, et s'enfuit aussitôt.

Élisée un jour fit nager du fer sur l'onde.
Un bûcheron penché sur la rive profonde
Du fleuve du Jourdain, laissa choir dans les flots
Le tranchant de sa hache. Il vint tout en sanglots
Prier l'homme de Dieu de vouloir la lui rendre.
Il ne dédaigna point aussitôt de se rendre
A l'endroit où le fer était tombé dans l'eau.
Il prend une baguette, au nom du Dieu Très-Haut
Il frappe le Jourdain, et commande sur l'heure
Au fer de remonter jusqu'à ce qu'il effleure
La surface des eaux; et le fer obéit.
Dans ses mains aussitôt l'homme de Dieu le prit,
Le rendit à son maître; et par reconnaissance,
Celui-ci publia partout sa bienfaisance.
Le peuple d'Israël avec les Syriens,
Ses plus grands ennemis, ses plus proches voisins,
Avait rompu la paix. Ils se faisaient la guerre.
Et le prophète un jour s'étant mis en prière,
Dieu lui manifesta que dans certains endroits,
Dans des lieux écartés, dans des chemins étroits,
Les soldats ennemis avaient tendu des piéges.
Élisée avertit le roi de ces manéges.
Joram les évita, se garda d'engager
Ses troupes dans ces lieux, connaissant le danger.
Or le roi de Syrie ayant su qu'Élisée
Le trahissait ainsi; par lui organisée,
Une expédition marcha contre *Dotan*
Où restait le prophète. Il se rend au-devant
Des soldats ennemis, et leur dit de le suivre,
Que vers celui qu'ils vont faire cesser de vivre
Sûr il les conduira. Frappés de cécité,
Marchant tous après lui, bientôt dans la cité

Maîtresse d'Israël tout confus ils se virent.
Les habitants après aucun mal ne leur firent;
Sains et saufs à leur prince ils furent renvoyés.
Les Syriens pourtant, parurent effrayés....
Leur roi se ravisant fit marcher une armée,
Cette fois innombrable; et bientôt affamée,
La cité d'Israël poussa ses cris vers Dieu.
Élisée habitait au moment dans ce lieu.
Le roi Joram portait sur la chair un cilice;
Rien ne fléchissait Dieu, jeûne, ni sacrifice.
Des mères sans frémir mangèrent leur enfant,
N'en pouvant plus de faim. D'un air tout menaçant,
Le roi, sans hésiter, vint trouver le prophète,
L'accusa de ce mal, lui dit que de sa tête
Il fallait qu'il payât les douleurs d'Israël :
« Pardon, prince, dit-il, croyez-moi, par le ciel
« Demain, dans cette ville, une telle abondance
« De vivres se verra (je l'annonce d'avance),
« Qu'un boisseau de froment pour rien se donnera. »
Tout ce qu'avait prédit le prophète arriva.

Récit LI.

HAZAËL ET JÉHU. — MORT TRAGIQUE DE JÉSABEL.

—

En poursuivant le cours de sa mission sainte,
Annonçant du Seigneur les volontés sans crainte,
Le prophète de Dieu vint un jour à Damas,

Où le roi de Syrie était malade, hélas!
Benadad fit venir *Hazaël*, son ministre
(Afin de s'assurer si d'une mort sinistre
Il serait affligé), lui dit d'aller trouver
Le prophète Élisée, et de lui demander
S'il devait recouvrer la santé et la vie...
« Non, dit l'homme de Dieu, non, le roi de Syrie
« De son lit de douleur ne se lèvera pas.
« *Mais ce n'est pas son mal qui fera son trépas.* »
Et changeant aussitôt de couleur, de visage;
Laissant tomber des pleurs, à cause du présage
Que Dieu faisait passer alors dans son esprit,
En lui montrant les maux que son peuple subit
De sa part dans la suite : « Ah! lui dit-il, je pleure
« Parce que le Seigneur me fait voir à cette heure
« Tout ce qu'endurera de ta part Israël.
« — Que lui ferai-je donc? répondit Hazaël.
« — Va, c'est toi qui seras bientôt roi de Syrie! »
Hazaël de retour, dit que la maladie
De Benadad, son roi, n'allait pas à la mort.
Il l'affligea bientôt de ce funeste sort.
Car dès le lendemain il l'étouffa lui-même,
Et se ceignit le front du royal diadème.
Joram de Josaphat devint le successeur
Au trône de Juda, dont il fut possesseur
Pendant plus de huit ans. Il était d'Athalie
Le malheureux époux. Indigne fut sa vie.
Il marcha sur les pas d'Achab, roi d'Israël,
Dont il était le gendre, et fut maudit du ciel.
Son fils *Ochozias* eut après lui le trône.
Or *Joram* d'Israël possédait la couronne.
Contre *Hazaël* en guerre ils entrèrent tous deux.

Celui-ci s'avança rapidement sur eux.
Joram dans le combat reçut une blessure,
Et vint à *Jésraël* pour en faire la cure.
Ses officiers étaient réunis dans le camp,
L'homme de Dieu paraît, dit qu'il faut sur-le-champ,
Que le plus fier d'entre eux, *Jéhu* vienne et le suive.
Jéhu voit le prophète... Une émotion vive
Pénètre dans son cœur quand il se sent verser
De l'huile sur le front. Il entend prononcer
En même temps sur lui cette grande parole :
« Je t'oins roi d'Israël ; tu vas changer de rôle,
« C'est ce que je te dis de la part du Seigneur. »
A ces mots, de Jéhu au comble est la stupeur.
Il va joindre les siens, aussitôt leur raconte
Ce qu'a fait Élisée. Or la chose fut prompte.
On le prit à l'instant, on le proclama roi.
Il monta sur son char, fit venir avec soi
Soldats et généraux : tous ils l'accompagnèrent.
Auprès de *Jésraël* ensemble ils arrivèrent,
Du plus loin qu'il les vit, *Joram* au-devant d'eux
Se rendit sans tarder, quelque peu soucieux.
Jéhu le transperça de son arc. Au plus vite,
Le prince Ochozias qui venait à la suite
S'en vint à travers champs. Mais il périt aussi ;
Et dans Jérusalem il fut enseveli.
A Jésraël Jéhu fit bientôt son entrée,
Il vit dans le palais Jésabel qui, parée
De ses plus beaux atours, ruisselante de nard,
Et les cheveux rangés avec le plus grand art,
Lui demandait la paix du haut d'une fenêtre.
« Jetez, s'écria-t-il, cette femme d'un traître
« (S'adressant à ses gens) ; oui, précipitez-la

« Du haut de sa croisée. » On la précipita.
Le sang de Jésabel, de cette femme inique,
Jaillit sur les pavés de la route publique.
Les chevaux en passant la foulèrent aux pieds.
De la part de Jéhu des gardes envoyés
Pour recueillir son corps, bientôt ils ne trouvèrent
Que quelques os épars. Les chiens la dévorèrent.
Afin que s'accomplît du prophète de Dieu
L'oracle si sanglant, si tragique en ce lieu.

Récit LII.

JÉHU ET LES PRÊTRES DE BAAL. — ATHALIE, REINE DE JUDA. — JOAS.

—

Jéhu fit massacrer la race tout entière
Des enfants de *Joram*. De la même manière
Il fit exterminer ses proches, ses amis.
D'Ochozias encor les neveux furent pris,
Furent tous condamnés à une mort cruelle...
Là ne s'arrêta pas la fureur ni le zèle
Dont s'anima *Jéhu* pour remplir du Seigneur
Les terribles desseins, car il fut son vengeur
A l'égard des méchants et des indignes prêtres
Du monstrueux Baal, qui s'étaient rendus maîtres
Du peuple d'Israël, et l'avaient égaré
Loin des sentiers du Dieu qui seul est adoré.

our les détruire tous, il s'y prit par la ruse.
Il n'est fourbe et méchant que parfois on n'abuse.
Il dit qu'un festival public et solennel,
Où devraient se trouver tous les prêtres de Bel,
Pour remercier leur Dieu, sous peine de la vie,
Devait se célébrer, tel jour, dans Samarie.
Un seul ne manqua pas. Aidé de *Jonadab*,
Noble fils du pieux et très-sage *Réchab*,
Il les fit périr tous après le sacrifice,
Quand ils eurent rempli leur exécrable office.
Puis il fit apporter le buste de Baal
Qu'il brisa, mettant fin à son culte infernal.
Mais il n'abolit pas l'impure idolâtrie
Des veaux d'or et d'argent. On vit dans Samarie,
Dans les autres cités du peuple d'Israël,
S'orner en leur honneur et fumer un autel.
Jéhu déplut à Dieu ; mais Dieu lui fit promettre
Que seul dans Israël il serait prince et maître,
Ses enfants après lui, pendant un certain temps.
Mais voici qu'Hazaël avec ses combattants
Arrive tout à coup, accable de défaites
Le peuple d'Israël. En ces jours-là les têtes
Tombèrent par milliers. Ce prince s'abattit
Sur toutes les tribus. Bien du mal il leur fit...
La reine de Juda, la cruelle Athalie,
Apprenant que son fils avait perdu la vie,
D'Ochosias tua tous les enfants royaux,
Ses propres descendants ; et pour comble de maux,
De Juda sur son front elle mit la couronne.
L'espace de sept ans elle fut sur le trône.
Il restait cependant des fils d'*Ochosias*
Un tendre rejeton. Il s'appelait Joas.

Sa tante et sa nourrice avaient su le soustraire,
Quand ses frères mouraient, à l'ardeur sanguinaire
Des bourreaux qu'Athalie avait lancés contre eux,
Et l'avaient retiré de ce désastre affreux.
Dans le temple de Dieu *Joïada* le grand prêtre
L'élevait en secret, et lui faisait connaître
De la loi du Seigneur les attraits consolants.
Or quand il fut âgé seulement de sept ans,
Le grand prêtre choisit le plus beau jour de fête
Pour le consacrer roi, pour mettre sur sa tête
La couronne, à sa main le sceptre de Juda.
Dans ce moment la reine, étonnée, arriva.
Sans crainte elle voulut franchir le sanctuaire,
Espérant empêcher ce qu'on venait de faire.
Des soldats aussitôt vinrent pour l'arrêter ;
Ils eurent l ordre encor de la décapiter.
Et tel fut le trépas de cette affreuse reine.
Son ministre *Nathan* subit la même peine.
C'était lui qui servait les autels de Baal,
Et lui qui présidait à son culte infernal.
Le roi *Joas* porta saintement la couronne
Tant que de *Joïada*, qui le mit sur le trône
Il eut auprès de soi les conseils, les avis.
Lui mort, il ne fut plus fidèle ni soumis
A la loi du Seigneur. Il fit pourtant au temple
Des réparations jusque-là sans exemple.
Mais Hazaël étant venu pour l'assiéger,
Devant Jérusalem ; sans craindre d'engager
De la maison de Dieu les trésors, les richesses,
Il les lui donna tous, moyennant les promesses
Que lui fit Hazaël de le laisser en paix.
Ce fut là de *Joas* le plus grand des forfaits.

Contre lui ses sujets enfin se révoltèrent.
Deux de ses officiers à *Mello* le tuèrent.
Amazias son fils de droit lui succéda,
Et dans Jérusalem, vingt-neuf ans il régna.

Récit LIII.

JOACHAS, JOAS, JÉROBOAM II, ROIS D'ISRAËL. AZARIAS, JOATHAN DE JUDA.

—

Joachas, d'Israël, après Jéhu, son père,
Fut roi dix et sept ans. Il ne se montra guère
Meilleur ni plus pieux que ses prédécesseurs.
Aussi Dieu l'affligea de revers, de malheurs.
Accablé cependant par le roi de Syrie,
Le fougueux Hazaël, confessant sa folie,
Il fit monter vers Dieu ses pleurs et ses soupirs.
Le Seigneur exauça ses vœux et ses désirs.
Israël fut heureux pendant quelques années
De paix et de repos qui lui furent données.
Mais il persévéra dans ses iniquités.
On voyait des faux dieux dans toutes les cités.
Joachas étant mort, *Joas* vint sur le trône.
Il ne porta pas plus dignement la couronne.
Il honora pourtant le prophète de Dieu
Qu'il alla visiter lui-même dans le lieu

Où bientôt il mourut. Alors par Élisée
De la part du Seigneur, lui fut prophétisée
Sa fortune à venir. Il triompha trois fois
Du roi *Benadad*, fils, successeur à la fois
Du terrible Hazaël ; reprit ce que son père
Avait pris sur le sien par le droit de la guerre.
Le prophète Élisée en ces jours expira.
Avec religion, respect, on l'enterra.
Un jour dans son tombeau, par hasard, par surprise,
D'un homme trépassé la dépouille fut mise.
Aussitôt que le mort toucha les ossements
De cet homme de Dieu, soudain les fondements,
Les bases de son corps, ses pieds se raffermirent.
Il revint à la vie, et ses amis le virent
Se lever, se mouvoir, mais non pas sans effroi.
Le mort au même instant leur parla, fut à soi...
Amazias perdit les bourreaux de son père
En montant sur le trône, et puis il fit la guerre
Aux habitants d'Édom qu'il défit pleinement.
Il crut dans son orgueil, pouvoir pareillement
Attaquer Israël en bataille rangée.
Mais avant que l'affaire eût été engagée,
Joas, roi d'Israël, lui dit de bien penser,
Et de bien réfléchir avant de commencer.
En cette occasion il fit une apologue
Élégante, célèbre, et depuis bien en vogue :
« Le chardon s'adressant au cèdre du Liban,
« Un jour lui demanda d'un ton très-arrogant,
« De donner à son fils sa fille pour épouse,
« Disant que la forêt n'en serait point jalouse.
« Le cèdre ne dit mot.. Bientôt du fond des bois
« Accoururent lions, ours, tigres à la fois,

« Qui foulèrent aux pieds l'orgueil et la jactance
« De ce vil arbrisseau. Telle fut la vengeance
« Du cèdre du Liban, dont les rameaux touffus
« Couvrirent les malheurs du chardon tout confus. »
Mais le roi de Juda ne voulut point entendre
Aux discours de Joas. Il fallut donc se rendre,
Se voir, se mesurer, combattre vaillamment
Juda par Israël fut vaincu pleinement.
Amazias avait par son idolâtrie
Irrité le Seigneur. Il punit sa folie
En le livrant aux mains d'un ennemi cruel
Qui ne respecta pas ses droits ni ceux du ciel.
Joas le poursuivit, prit toutes ses richesses,
Toutes celles du temple, et voulut des promesses.
De plus il emmena des otages nombreux,
Laissant *Amazias* sans biens et tout honteux.
Amazias ainsi fit-il l'expérience
De ce que l'apologue avait prédit d'avance.
A *Joas* succéda son fils *Jéroboam*,
Qui toujours détourna de la foi d'*Abraham*
Le peuple d'Israël. Il reprit les limites,
Que les Assyriens avaient si fort réduites,
Même il les recula plus haut que le *Jourdain*.
Le prince Amazias fut massacré soudain
Par des conspirateurs, eut le sort de son père.
Ce fut *Azarias* qui continua l'ère
Ouverte par David, au trône de Juda.
Par l'ordre du Seigneur la lèpre le gagna.
Joathan l'assista, se tint près de son trône,
Jusqu'au temps où lui-même il porta la couronne.
Azarias régna cinquante plus un an ;
Et seize seulement en régna *Joathan*.

S.

Récit LIV.

SELLUM, MANAHEM, PHACEIA, PHACÉE, OZÉE, ROIS D'ISRAËL. — CAPTIVITÉ D'ISRAËL.

Au roi Jéroboam succéda Zacharie.
Après six mois de règne il eut perdu la vie.
Sellum, usurpateur du trône d'Israël,
Sellum le fit mourir, et l'oracle du ciel
A Jéhu, son aïeul, prédit par le prophète,
Vint s'accomplir sur lui, sa race fut défaite.
Sellum sur Israël ne régna seulement
Que l'espace d'un mois. Il fut cruellement
Trahi par *Manahem* qui monta sur le trône
Et sut bien plus longtemps conserver la couronne.
Il se servit de *Phul*, roi des Assyriens,
Pour affermir son règne. Et ce fut l'un des siens
Qui dix ans après lui vint gouverner l'empire
Des rois de Samarie. Il ne fut pas le pire,
Ni le meilleur non plus. Son nom est Phacéia.
Sur Israël deux ans seulement il régna.
Phacéia fut trahi, mis à mort par *Phacée*,
Qui ne s'écarta pas de la route tracée
Par ses prédécesseurs. Comme eux il fit le mal.
Maintint dans Israël le culte de Baal.
Le premier instrument de la juste colère
Que le Seigneur conçut, malgré son cœur de père,
Contre ce peuple ingrat et dont il l'accabla,
Fut *Téglathphalazar*, qui vainquit, emmena

Dans *Assur*, son pays, une grande partie
Des tribus d'Israël, bien loin de leur patrie.
Phacée après vingt ans de règne et de malheurs
Fut trahi par *Ozée* ; et trois usurpateurs
Au trône d'Israël ainsi se succédèrent
Pendant trente-deux ans. De plus ils terminèrent
La suite de ses rois. Ce fut *Salmanazar*,
Successeur dans Assur de Téglathphalazar,
Qui devint l'instrument de la ruine entière
Du peuple d'Israël, déjà son tributaire.
Ozée ayant voulu s'affranchir de son joug,
Le roi Salmanazar vint sur lui tout à coup,
Le vainquit et s'étant saisi de sa personne,
Lui ravit sans pitié son sceptre et sa couronne.
Il emmena captif le peuple tout entier.
Le Seigneur le permit pour lui faire expier
Ses grands égarements et toutes ses offenses.
Bien long fut son exil, bien grandes ses souffrances.
Le roi Salmanazar peupla de ses sujets
Le pays d'Israël. Bientôt dans les guérets,
Les villes et les bourgs, ne furent, ne se virent
Que des Assyriens. Tous les autres partirent.
Le culte du Seigneur fut banni de ces lieux.
Mais voici tout à coup des lions furieux
Qui viennent des forêts, et déchirent en pièces
Tous ces nouveaux colons. Et jusque dans les pièces
De leurs appartements ils fondent sur eux tous,
Terribles instruments du céleste courroux.
Il fallut qu'Israël envoyât un prophète
Des lieux de son exil. Et quand eut été faite
L'inauguration du culte du Seigneur,
On vit alors cesser le fléau destructeur.

Récit LV.

ACHAZ, ÉZÉCHIAS, ROIS DE JUDA.

—

Achaz fils, successeur de *Joathan*, son père,
Sur Juda du Seigneur attira la colère.
Ézéchias son fils fut passé par le feu,
Au mépris de la loi, du culte du vrai Dieu.
Or le roi d'Israël et le roi de Syrie
S'armèrent contre lui. Vers le roi d'Assyrie,
Achaz tourna les yeux, implora son secours.
Ce ne fut pas en vain qu'à lui il eut recours.
Il blessa le Seigneur profondément encore,
En faisant dans le temple offrir après l'aurore
Des victimes aux dieux qu'honoraient les païens,
Suivant l'impiété des rois assyriens.
Pendant près de seize ans il garda la couronne.
Ézéchias, son fils, après lui vint au trône.
Mais il sut honorer, servir le Dieu du ciel,
Et par sa piété, se rendit immortel.
Ézéchias purgea son pays des idoles
Et chassa de Juda tous les cultes frivoles,
Démolit les autels dressés sur les hauteurs,
Sous l'ombrage des bois, par ses prédécesseurs.
Le Seigneur le bénit. D'abord il fit la guerre
Contre les *Philistins;* recula leur frontière
De la tour des gardiens, jusqu'au mur de Gaza.
Pendant vingt et neuf ans il régna sur Juda.

Le roi *Sennachérib* vint lui faire la guerre,
Et l'accabla d'abord d'une déroute entière,
Imposant à ce prince un énorme tribut.
Le prince Ézéchias donna tout ce qu'il put.
Il prit dans les trésors les richesses du temple,
Et suivit en cela de bien d'autres l'exemple.
Le roi Sennachérib ne se contenta pas
De ce qu'on lui donnait; envoya de ce pas
Ses plus grands généraux organiser le siége
Devant Jérusalem. Afin de tendre un piége
A tous les habitants, Robsacès demanda
Une audience au roi, qui, vers lui dépêcha
Deux de ses généraux. Robsacès sans mesure
Vomit contre le roi le sarcasme et l'injure.
« Eh quoi! pense-t-il donc pouvoir me résister?...
« Soldats, ai-je besoin devant vous d'insister?...
« Comme moi vous savez toute son impuissance, »
S'écriait *Robsacès* d'un ton plein d'insolence,
Afin qu'on l'entendît parler du haut des murs.
« Je dis que vous mourrez tous, et soyez-en sûrs
« Si vous ne voulez pas dès ce moment vous rendre ;
« Et si vous refusez de parler, de m'entendre.
« Tous leurs dieux n'ont pas pu préserver vos voisins.
« Le vôtre également des plus cruels destins
« Ne vous sauvera point. Aux plus grandes misères
« Je vous réduirai tous, mes discours sont sincères.
« Rendez-vous, et bientôt en paix vous jouirez
« De vos biens, de vos champs : vous mangerez, boirez
« L'huile des oliviers et le vin de vos vignes.
« Sinon, vous souffrirez les maux les plus indignes. »
Le peuple ne dit mot : il en avait reçu
L'ordre le plus formel. Lorsque le prince eut su

Tout ce que *Robsacès* avait vomi d'injures
Contre lui, contre Dieu de ses lèvres impures,
Il se couvrit d'un sac, et pria le Seigneur.
Et puis vers Isaïe, un de ses serviteurs
S'en vint tout aussitôt, afin de lui transmettre
Les douleurs, les chagrins, les craintes de son maître.
« Va, dit l'homme de Dieu, trouver Ézéchias ;
« Et dis-lui de ma part qu'il ne se trouble pas.
« Le Seigneur va venir pour dissiper, confondre
« (Et c'est ce que lui-même il me dit de répondre)
« Les desseins, les discours du méchant *Robsacès*.
« Va, redis-lui cela, retourne, c'est assez. »
Ézéchias reçut l'oracle du prophète,
En louant le Seigneur, en inclinant la tête.
Cependant *Robsacès*, toujours plus insolent,
Injuriait le roi, Mais Dieu ne fut pas lent
A décharger sur lui les coups de sa colère.
Dans une seule nuit, de son armée entière
L'ange exterminateur fit la destruction.
De rien ne lui servit son indignation !

Récit LVI.

GUÉRISON MIRACULEUSE D'ÉZÉCHIAS. — MANASSÉS, AMON, ROIS DE JUDA.

—

Ezéchias surpris par une maladie,
Fit venir près de lui le prophète Isaïe :

« Roi; dit l'homme de Dieu, il faut vous préparer,
« Car vous mourrez bientôt. » Sans se désespérer
Ézéchias vers Dieu fit monter ses prières.
« — Non, reprit le prophète, encore de vos pères
« Non, non, vous n'irez pas habiter le tombeau.
« C'est ce que je vous dis au nom du Dieu Très-Haut.
« — Mais, demanda le roi, quel doit être le signe
« Auquel je connaîtrai que ce bienfait insigne
« Par la vertu de Dieu, du ciel va me venir,
« Et que l'on ne va pas sitôt m'ensevelir ?
« — Bien, sur votre cadran commandez que s'avance
« L'ombre de dix degrés ; j'en donne l'assurance,
« L'ombre s'avancera. — Mais, répondit le roi,
« Il est bien plus facile, et cela se conçoit,
« Que l'ombre aille en avant. Mais plutôt qu'en arrière
« Dix degrés soient marqués, prophète, à ma prière. »
Et l'ombre du cadran d'autant rétrograda.
Ézéchias alors adora, s'inclina.
Le prophète de Dieu plaça sur son ulcère
Des figues pour remède, et l'on ne tarda guère
A constater l'effet du fruit miraculeux.
Le roi vint dans trois jours, reconnaissant, joyeux,
Remercier le Seigneur jusque dans son saint temple.
De piété toujours il fut un grand exemple.
Dieu prolongea son règne encore de quinze ans.
Du roi de *Babylone* il reçut les présents.
Ce prince ayant appris avec sa maladie
La prompte guérison qui s'en était suivie,
Voulut lui témoigner en cette occasion
Son plus vif intérêt Sa députation
Fut par Ézéchias pompeusement reçue.
Lui-même il étala, découvrit à la vue

Des gens de *Bérodac* les plus riches trésors
Du temple, du palais. Au dedans, au dehors
Il leur fit admirer de si grandes merveilles,
Que ceux-là n'en avaient jamais vu de pareilles.
Le prophète lui dit, de la part du Seigneur,
Que ces biens, ces trésors, qu'avec tant de bonheur
Il avait étalés, un jour à Babylone
On les transporterait ; que, renversés du trône,
Ses enfants y seraient aussi menés captifs,
Ainsi que ses sujets. Par des accents plaintifs,
Ézéchias à Dieu témoigna sa tristesse,
Mais le servit, l'aima toujours avec tendresse.
A ses ordres enfin il fut toujours soumis.
Sur ses traces, hélas ! ne marcha pas son fils,
Manassès est son nom. Lorsque mourut son père,
Il n'avait que douze ans. Or il ne régna guère
Moins du double que lui. Toujours il fit le mal.
Il rétablit l'autel, le culte de Baal,
Les temples des faux dieux, et les vaines idoles
Des gentils, des païens exécrables symboles,
Que son père, animé d'un sentiment pieux,
Avait exterminés et détruits en tous lieux.
Le Seigneur le maudit ; et par son saint prophète
De malheur à venir l'annonce lui fut faite.
L'homme de Dieu lui dit que tous ses descendants,
Princes, rois et sujets, sans attendre longtemps,
S'en iraient habiter une terre étrangère ;
Que leur captivité serait longue et sévère.
Quand *Manassès* mourut, *Amon* lui succéda.
Les deux ans seulement qu'il régna dans Juda,
Sa conduite en tous sens fut celle de son père ;
Et sur lui du Seigneur attira la colère.

Ses ministres jaloux l'immolèrent un jour.
Ils furent tous tués, massacrés à leur tour.
A *Josias*, son fils, on donna la couronne ;
Et celui-ci garda pieusement le trône
Pendant trente et un ans. Il fut d'Ézéchias
Le digne successeur, il marcha sur ses pas.

Récit LVII.

JOSIAS, JOACHAS, JOAKIM, ROIS DE JUDA.

—

Josias s'occupa de réparer le temple ;
Il suivit en cela l'édifiant exemple
De l'un de ses aïeux. Le grand prêtre Helcias
Reçut, un certain jour, l'ordre de Josias
De constater tout ce que l'on aurait à faire
Pour restaurer à fond ce riche sanctuaire.
Helcias, en cherchant, découvrit par hasard
Le livre de Moïse enfoui quelque part.
Ravi de cette sainte et pieuse aventure,
Josias s'en fit faire aussitôt la lecture.
Frappé, n'en pouvant plus, des malédictions
Que la loi du Seigneur, dans ses graves leçons,
Lançait contre tous ceux qui seraient infidèles ;
Sachant jusqu'à quel point s'étaient rendus rebelles

Les enfants de Juda, Josias tout tremblant
Donna l'ordre bientôt à son ami *Saphan*
D'aller interroger *Holdam* la prophétesse
Sur son sort à venir. Et celle-ci s'empresse
De répondre à Saphan que Juda va subir,
Dans un temps rapproché, les maux dont doit punir
Le Seigneur irrité, de son peuple infidèle,
Les longs égarements... mais qu'à cause du zèle
Et de la piété que le roi Josias
A témoignés pour Dieu, il n'endurera pas
Ces châtiments affreux, ces fléaux si terribles ;
Mais que ses jours seront fortunés et paisibles.
Revenant aussitôt, Saphan fut tout heureux
De rapporter au roi cet oracle des cieux.
Josias rassuré fit venir le grand-prêtre.
Le peuple de Juda bientôt dut comparaître
Dans la maison de Dieu. Le livre de la loi
Y fut à haute voix lu par ordre du roi.
Ézéchias ensuite ayant pris la parole,
Dit à tous ses sujets que plus aucune idole
Ne devait désormais chez eux rester debout,
Qu'il fallait les brûler, les détruire partout.
Et lui-même aussitôt il leur donna l'exemple,
En faisant consumer celles que dans le temple
Avait fait élever le méchant Manassès.
Cette mesure obtint un éclatant succès.
Josias cependant eut une fin tragique ;
Car, s'étant engagé dans la guerre critique
Que le roi Néchao fit aux Assyriens,
Jusqu'au bord de l'Euphrate, il fut tué. Les siens
Tous à Jérusalem en pleurs l'accompagnèrent :
Auprès de ses aïeux, priant, ils le placèrent.

Joachas après lui ne régna que trois mois ;
Et ce fut de Juda l'un des trois derniers rois.
Néchao s'empara bientôt de sa personne.
Il l'emmena captif, et plaça sur le trône
Éliacin, son fils, qu'il nomma Joakim ;
Ce dernier pour son père accomplit l'intérim
Du règne quelque temps. Sur la terre étrangère
Des durs Égyptiens enfin mourut son père.
Nabuchodonosor, des Babyloniens
Chef et roi, l'attaqua bientôt avec les siens,
Le soumit, exigea que pendant trois années
Il lui payât tribut. Les tristes destinées
Prédites aux enfants rebelles de Juda
S'accomplirent en lui. Plus tard il refusa
De payer son tribut au roi de Babylone,
Compromit en cela gravement sa couronne.
Il se vit attaqué par tous les rois voisins ;
Il expira, mourut accablé de chagrins.

Récit LVIII.

JOACHIM, SÉDÉCIAS, GODOLIAS, DERNIERS CHEFS DE JUDA. — RUINE DE JÉRUSALEM.

—

Joachim, successeur de Joakim, son père,
Ne régna que trois mois ; il ne put se soustraire
Au pouvoir du roi des Babyloniens

Qui vint pour l'assiéger. Lui-même avec les siens,
Sans avoir combattu, lui-même alla se mettre
A sa discrétion, et l'eut dès lors pour maître.
Nabuchodonosor le prit et l'emmena,
Lui, sa mère aussitôt, du pays de Juda
Dans l'immense cité qu'on nommait Babylone,
Et l'ayant pour toujours fait descendre du trône,
Il y plaça son oncle ; or, de Mathatias
Qu'il s'appelait, il le nomma Sédécias,
Il pilla les trésors, les richesses du temple
Par une impiété jusque-là sans exemple.
Il emmena captifs les plus nobles sujets.
Il prit également tout l'argent du palais ;
Ne laissa dans Juda, dans ses bourgs, dans ses villes,
Et dans ses champs aussi que des sujets tranquilles,
Tels qu'artisans, valets, marchands et vignerons,
Et des cultivateurs pour tracer les sillons.
Le roi Sédécias de Dieu n'eut pas la crainte.
Sa conduite ne fut ni prudente ni sainte.
Outre qu'il offensa gravement le Seigneur,
Il leva l'étendard contre son bienfaiteur.
Nabuchodonosor, transporté de colère,
S'avança contre lui. Plus d'une année entière
Il assiégea sa ville, et la prit par la faim.
Le roi, pour échapper à l'horrible destin
Qui l'attendait sans doute, après cette défaite,
Fuyait avec les siens ; il faisait sa retraite
Vers le pays d'Égypte. Il fut bientôt atteint
Par l'armée ennemie, et sur l'heure contraint
D'aller vers son vainqueur pour subir sa vengeance.
Nabuchodonosor, outré d'impatience,
Lui fit crever les yeux, immola tous les siens,

Le fit environner de chaînes, de liens,
Et conduire aussitôt captif à Babylone.
Il jura de briser pour jamais la couronne
Des princes de Juda. *Nabuzardan* bientôt,
Son général en chef, conduit par le Très-Haut,
Et pour exécuter les ordres de son maître,
Ruina, détruisit, brûla, fit disparaître
Les murs et les maisons, le temple, le palais
De la ville des Juifs, construits à si grands frais.
Et tout ce qui restait d'ornements, de richesse,
Dans la maison de Dieu; vases de toute espèce,
D'or, d'argent et d'airain; les instruments sacrés
Que pour le culte saint on avait préparés
En nombre surprenant; et la double colonne
Qu'on voyait à l'entrée... On fit pour Babylone
Partir tous ces objets; encor la mer d'airain
Avec les anges d'or, l'autel et l'arche enfin.
Les habitants aussi prirent la même route.
Afin qu'on ne vît pas languir, chômer sans doute
Les moissons et les champs, les seuls cultivateurs
Et les seuls vignerons furent par les vainqueurs
Laissés dans le pays dont l'entière conquête
A partir de ce jour et pour longtemps fut faite.
Nabuchodonosor chargea *Godolias*,
De les maintenir tous. On ne l'écouta pas.
Des mutins contre lui bientôt se révoltèrent;
Lâchement, sans pitié, sans cœur les massacrèrent.
Craignant avec raison Nabuchodonosor,
Vers Babylone ensemble ils prirent leur essor,
Et vinrent en tremblant vivre sous son empire,
De peur qu'il ne leur fît quelque chose de pire.
Joachim gémissait depuis trente et un ans,

Dans un affreux cachot, depuis qu'avec ses gens
Lui-même il vint se mettre, en renonçant au trône,
A la discrétion du roi de Babylone.
Par *Évilmérodach* il en fut retiré.
Ce prince, non content de l'avoir délivré,
Lui donna dans sa cour une place éminente ;
Et voulut qu'on payât chaque jour une rente
Pour lui, pour tous les siens. Il vécut bien heureux
Jusqu'au jour où la mort vint lui fermer les yeux.

Récit LIX.

LES PROPHÈTES. — CAPTIVITÉ DE BABYLONE. DANIEL ET SES COMPAGNONS.

—

Le Seigneur, par la voix de ses plus grands prophètes,
N'avait que trop souvent annoncé les tempêtes
Qui devaient agiter l'empire d'Israël
Et celui de Juda. Tous, par l'ordre du ciel,
Prédisaient des malheurs, pour que de leurs offenses
Ces peuples repentants, des célestes vengeances
Évitassent enfin les plus terribles coups :
Mais rien ne les changeait... Et Dieu, dans son courroux,
Les fit mener captifs sur la terre étrangère.
Israël commença, Juda ne tarda guère...
Annonçant les derniers jugements du Seigneur,

Sur Juda, sur le monde, et leur grande rigueur,
En vain avait tonné le prophète *Isaïe*.
En vain également avait dit *Jérémie*
Que de Jérusalem le sort était marqué
Parce que ses enfants avaient prévariqué.
En vain Ozée avait, dans sa verve divine,
A trois ou quatre rois annoncé leur ruine.
Amos, Sophonias, Achas en même temps
Parlèrent aux enfants d'Israël dans ce sens...
Mais leurs voix ressemblaient à ces grandes tempêtes
Qui pour quelques instants étourdissent les têtes
De leurs mugissements. Quand elles ont cessé
Tout retrouve son cours comme par le passé...
Le prophète *Nahum* annonça de Ninive
La désolation. A la parole vive
Du prophète *Jonas* elle se convertit,
Et pour un temps le bras de Dieu se ralentit...
Quand vint fondre sur eux la céleste vengeance;
Quand les rois étrangers firent de leur puissance
Peser le joug affreux sur ce peuple sans cœur,
Israël et Juda, connaissant leur erreur
Élevèrent vers Dieu leurs âmes suppliantes.
Le Seigneur exauça leurs prières ferventes.
Le prophète *Baruch* vint leur ouvrir les yeux,
Les réconcilier avec le roi des cieux.
Daniel, Ézéchiel, Aggée et *Zacharie*,
Malachie et *Joël*, dirent que la patrie
Serait rendue un jour à leur juste désir.
Habacuc annonça que Dieu ferait périr
Les Babyloniens avec leur ville immense,
Pour leur faire expier toute leur arrogance.
Ces hommes animés de l'esprit du Seigneur,

Remplis de sa lumière et de sa vive ardeur,
Racontaient, écrivaient les visions sublimes
Que Dieu leur découvrait, et les secrets intimes
Des grands et des nombreux, des saints événements,
Qui devaient s'accomplir dans la suite des temps;
Ayant tous pour objet le tout-puissant Messie,
Le Sauveur qui devait rendre au monde la vie,
Et réconcilier la terre avec le ciel,
Le Rédempteur promis au peuple d'Israël!...
Jérémie avait dit les tristes destinées
Des enfants de Juda. Soixante-dix années
Ils furent les captifs des Babyloniens,
Exilés, malheureux, sans terres et sans biens.
Près du fleuve ils allaient gémir, verser des larmes;
Tous les échos voisins redisaient leurs alarmes...
Nabuchodonosor fit venir *Asphénez*,
L'un des chefs qui veillaient au soin de son palais.
Il lui dit de choisir dans toute la jeunesse
Des captifs de Juda, ceux qui, par leur noblesse,
Leur beauté, leur esprit, leur science à la fois,
Méritaient de servir de compagnie aux rois.
Sur quatre seulement ses regards s'arrêtèrent.
Dès que son choix fut fait, tous les quatre ils entrèrent
Dans le palais royal. Mais on changea leur nom.
Qui devint différent par la lettre et le son.
Daniel fut *Balthasar*, et *Sidrach Ananie.*
Mizaël fut *Mizach.* Le dernier, *Azarie,*
Eut nom *Abdénago...* Comme il fallait manger
De tous les mets royaux, on ne put engager
Ces quatre jeunes gens à se nourrir des viandes
Que la loi défendait. C'étaient les plus friandes.
Dieu bénit le respect et la soumission

Qu'ils eurent à l'égard de leur religion.
Nabuchodonosor, saisi de leur prestance,
De leur rare beauté, surtout de la science,
De l'esprit de Daniel, il les mit avant tous.
Les mages de sa cour furent bien au-dessous.

Récit LX.

SONGE DE NABUCHODONOSOR EXPLIQUÉ PAR DANIEL.

—

Nabuchodonosor, agité par un songe,
Fit venir ses devins : « Que chacun de vous songe,
« Leur dit-il, qu'aujourd'hui vous devez m'expliquer
« Ce qu'en dormant j'ai vu, et même m'indiquer
« Cet objet étonnant, dont mon âme saisie
« A su tous les détails qu'à l'instant elle oublie.
« — Mais ne connaissant pas de votre vision
« Le sujet curieux, non, l'explication
« Ne peut, prince, par nous vous en être donnée,
« Il faut absolument que soit déterminée
« La chose qui frappa si vivement vos yeux,
« Et qui vous est venue assurément des cieux.
« — Vous mourrez si bientôt vous n'allez pas me dire
« Ce que j'ai vu la nuit... J'étais dans le délire,
« Je fus tout agité, leur répondit le roi,
« Quand cet objet parut, se dressa devant moi... »

9.

Comme tous les devins et tous les interprètes
Se tenaient en silence, et cherchaient dans leurs têtes
Ce qu'avait pu songer Nabuchodonosor,
Comme ils ne disaient rien, lui les pressant encor,
Le roi, dans sa colère et son impatience,
Ordonna qu'on dressât sur l'heure une potence
Pour les y mettre tous. Quand on vint à Daniel
Porter du souverain cet ordre si cruel,
Il se présente à lui, et lui dit que sans peine,
S'il veut bien lui donner le temps de prendre haleine,
Il lui dira l'objet de cette vision ;
Et qu'il en fournira l'interprétation.
Le roi consent à tout. Daniel à la prière
Invita ses amis... Le ciel ne tarda guère
A remplir tous ses vœux, à combler ses désirs :
« Prince, dit-il au roi, modérez vos soupirs.
« Le ciel m'a révélé ce dont votre âme émue
« Ne peut se souvenir. C'était une statue,
« Prince, que vous voyiez pendant votre sommeil ;
« Et sa tête était d'or, d'un or pur et vermeil ;
« Sa poitrine d'argent. D'airain étaient ses cuisses.
« Ses pieds étaient formés, par le plus grand des vices,
« De terre et de métal, d'argile et d'acier,
« Matières qu'on ne peut ensemble associer.
« La statue était grande : elle vous fait connaître
« Quatre empires puissants, dont le vôtre, grand maître,
« Des quatre est le premier indiqué tout d'abord.
« C'est vous qui, dans l'ensemble, êtes la tête d'or.
« Un second, moins brillant, doit succéder au vôtre,
« Figuré par l'argent. A son tour, par un autre
« Encor moins éclatant, il sera remplacé,
« L'airain vous le désigne. Et par ce composé

« D'argile et d'acier, qui ne peuvent ensemble
« Se joindre ni s'unir... (Ah! que la terre tremble!)
« Un peuple est figuré qui, dur comme le fer,
« Vaincra ses ennemis sur terre, sur la mer,
« Et les écrasera par sa toute-puissance,
« Sans qu'ils puissent entre eux faire aucune alliance.
« Pendant que votre esprit tout ému recherchait
« Les détails de ce que votre œil considérait,
« Vous avez vu, seigneur, une petite pierre
« Se détacher d'en haut et rouler sur la terre.
« Aux pieds elle frappa la statue, et si bien,
« Que de tout ce colosse il ne resta plus rien.
« Ainsi Dieu doit un jour renverser et détruire
» Les éléments divers de cet immense empire.
» Cela s'accomplira dans la suite des temps.
« Dieu seul connaît le jour où ces événements
« Doivent tous s'accomplir. Enfin il fera naître
« Un empire nouveau dont il sera le maître,
« Le fondateur, le chef, le roi, le souverain;
« Et ce nouvel empire, il n'aura point de fin.
« Il s'étendra partout. Les peuples de la terre
« Viendront tous s'y soumettre, et Dieu sera leur père,
« Et jamais leur tyran. C'est ce que le Seigneur
« Me montre. Et de ce songe il est lui seul l'auteur. »
Nabuchodonosor versa presque des larmes
De joie et de bonheur. Daniel à ses alarmes
Mit fin par son discours. Le roi voulait d'abord
Qu'on offrît à Daniel, dans un premier transport,
L'encens dont à Dieu seul on doit faire l'hommage.
Le prophète lui dit de se montrer plus sage;
D'adorer du Seigneur le pouvoir éternel.
Le roi le reconnut, obéit à Daniel.

Récit LXI.

ANANIAS, MIZAËL, AZARIAS DANS LA FOURNAISE.

—

Nabuchodonosor fut charmé des présages
Annoncés par Daniel. Il le combla d'hommages
Et de présents nombreux; il le fit intendant,
De l'orient au nord, du sud à l'occident,
De ses possessions, de toutes ses provinces;
Il l'établit le chef des sages et des princes.
Daniel obtint du roi que ses trois compagnons,
Sans quitter Babylone et dans ses environs,
Fussent chargés du soin et de la surveillance
Des ouvrages publics. Au sein de l'opulence
Et des grandeurs il dut se fixer à la cour.
Nabuchodonosor vint à penser un jour
A se faire élever, selon l'usage antique
Des rois, une statue immense et magnifique.
Elle fut toute d'or. Elle avait en hauteur
Soixante pieds anciens, et puis six de largeur.
Quand de cette statue on fit la dédicace;
Le roi fit ménager autour un grand espace
Pour les chefs de l'empire et tous les magistrats,
Qui de tous les côtés y portèrent leurs pas.
Toute cette assemblée, imposante, magique,
Devait se prosterner au son de la musique
De divers instruments. Tel était le signal
A l'avance fixé, par un décret royal.

Ceux qui ne voudraient pas adorer la statue
Ni fléchir les genoux, elle était prévenue
Qu'ils seraient aussitôt sans grâce et sans pitié,
Par les exécuteurs du roi, le corps lié,
Jetés dans les brasiers d'une fournaise ardente,
Pour expier ainsi leur conduite impudente.
Sidrach (Ananias) et *Mizach* (Mizaël)
Ainsi qu'Azarias compagnons de Daniel,
Avec les autres chefs allèrent à la fête,
Mais eux trois seulement inclinèrent la tête
Pendant que tout le monde inclinait les genoux.
Leur loi le défendait ; on les dénonça tous.
Nabuchodonosor, transporté de colère,
Dit qu'on chauffât trois fois plus fort qu'à l'ordinaire
La fournaise où tous trois devaient être jetés.
On les précipita liés et garottés
Dans ce gouffre de feu. De cinquante coudées,
Au-dessus de ce four les flammes élevées
S'élançaient vers le ciel ; et les exécuteurs
Tous furent étouffés par leurs vives ardeurs.
Soudain une superbe et céleste harmonie,
Partant de la fournaise, à l'entour fut ouïe.
On avertit le roi. Nabuchodonosor
Bouillonnant de colère, et furieux encor,
Vint ; il se transporta lui-même à la fournaise.
On en ouvrit la porte, et dedans à leur aise,
Il vit les trois Hébreux marcher, se promener
Quand il les avait fait tous les trois enchaîner.
Avec eux se trouvait un autre personnage
Semblable au Fils de Dieu. Dans le même langage,
Tous quatre ils bénissaient ensemble le Seigneur.
Aucun ne ressentit les effets ni l'ardeur

Du feu qui les devait anéantir sur l'heure...
Leurs habits sont intacts, et la flamme n'effleure
Pas même leurs cheveux. C'est un *ange* de Dieu
Qui, pour les protéger, est venu dans ce lieu.
Nabuchodonosor, témoin de ce prodige,
Et ne pouvant douter du céleste prestige
Qui s'attachait au sort de ces trois jeunes gens :
« Venez ici, dit-il, je veux voir si mes sens
« Égarent ma raison. Que je touche à main nue,
« Que je palpe ce que ne peut croire ma vue. »
Nabuchodonosor fut bientôt convaincu
De la réalité de ce qu'il avait vu.
Sachant bien que c'était par la toute-puissance
De leur Dieu qu'ils avaient reçu leur délivrance,
Il voulut que *Sidrach*, *Mizach*, Abdénago,
Fidèles serviteurs du vrai Dieu, du Très-Haut,
Fussent sans nul retard rétablis dans leur charge.
Il les comble d'honneur, et lui-même il se charge
De publier partout le fait miraculeux
Qui vient, à cet instant, de s'accomplir sur eux.
Il rédige un décret pour que, dans son empire
Le vrai Dieu, par lequel tout vit et tout respire,
Soit partout reconnu, craint, aimé, respecté,
Pour que l'on se soumette à son autorité.

Récit LXII.

AUTRE VISION DE NABUCHODONOSOR EXPLIQUÉE PAR DANIEL.

—

Nabuchodonosor dit, raconte lui-même
Un songe qui lui fit une frayeur extrême :
« J'étais calme et paisible, et dormais dans mon lit,
« Quand une vision terrible me saisit.
« Mon cœur et ma raison à l'instant se troublèrent ;
« Mon visage pâlit, et mes sens se glacèrent.
« Au réveil, j'appelai près de moi mes devins ;
« Mais pour me l'expliquer leurs efforts furent vains.
« Par mon commandement, auprès de ma personne
« On fit venir Daniel, à qui le Seigneur donne
« La claire vision des choses à venir ;
« Qui peut par sa vertu dévoiler, découvrir
« Les secrets les plus grands, les plus profonds mystères.
« Il faut, lui dis-je alors, il faut que tu m'éclaires
« Sur un sujet bien grave, et dont je suis frappé.
« De ténèbres encore il est enveloppé.
« Mes sages, mes devins sont restés bouche close.
« Toi que j'ai fait leur chef (espérer, oui je l'ose),
« Tu vas bientôt donner l'interprétation
« De ce songe effrayant, de cette vision.
« Car c'est le Dieu du ciel qui t'éclaire et t'inspire.
« Ecoute, et pèse bien ce que je vais te dire :
« Je dormais, quand soudain apparut à mes yeux
« Un arbre dont la cime atteignait jusqu'aux cieux.
« Ses rameaux s'étendaient jusqu'au bout de la terre.

« Ses fruits d'une grosseur toute extraordinaire,

« Suffisaient à nourrir tous les êtres vivants

« De l'univers entier. Ils étaient excellents.

« Tous les oiseaux du ciel dans son épais feuillage,

« S'abritaient, et faisaient entendre leur ramage.

« Sous son ombre on voyait courir les animaux,

« S'ébattre, se jouer sous ses vastes rameaux.

« Tout à coup le ciel s'ouvre. Un cri se fait entendre :

« *Qu'on le coupe cet arbre et qu'on vienne le prendre ;*

« *Qu'on l'enchaîne aussitôt, et qu'il soit transporté*

« *Sur l'herbe dans les champs, — c'est dit, c'est arrêté.*

« *Qu'il soit pendant sept ans pourri par la rosée*

« *Qui vient du ciel la nuit... Devine ma pensée !* »

Daniel à ce récit tremble et pâlit d'horreur.

Pendant une heure entière il s'adresse au Seigneur.

Il pense, il réfléchit, puis prenant la parole :

« Je désire, dit-il, que vous changiez de rôle

« Avec vos ennemis, car ce que je comprends

« Est terrible pour vous. Voici ce que j'entends.

« D'après ce que me dit le Seigneur qui m'éclaire,

« Prince, vous êtes, vous, cet arbre séculaire

« Qui couvre l'univers de ses épais rameaux,

« Et qui va jusqu'au ciel... Maître, des plus grands maux

« Vous êtes menacé, veuillez le reconnaître,

« Parce que vous n'avez pas voulu vous soumettre

« Au seul Dieu tout-puissant qui régit l'univers,

« A ce Dieu que j'adore, à ce Dieu que je sers.

« C'est de lui que vous vient cette grande puissance

« Dont vous attribuez, dans votre suffisance,

« La conquête à vous seul... Il vous la reprendra.

« Si vous vous soumettez, ce Dieu vous la rendra.

« Pendant sept ans entiers, banni de votre trône,

« Dépouillé de vos biens et de votre couronne,
« Broutant l'herbe des champs comme les animaux,
« Ni le jour ni la nuit vous n'aurez de repos.
« Reconnaissant enfin la puissance suprême
« Du Seigneur, du Très-Haut, dans la misère extrême
« Où vous serez réduit, vous vous inclinerez.
« Votre ancienne splendeur, vous la retrouverez. »
Le roi dit : « Je comprends ! » Tout ce que ce prophète
Avait dit arriva. Sept ans, comme une bête,
Nabuchodonosor brouta l'herbe des champs,
Perdit entièrement la raison et les sens.
Il reconnut enfin le souverain domaine
De Dieu sur les humains et sur les rois qu'il mène
Selon sa volonté. Le Seigneur lui rendit
La raison, le bon sens, sa beauté, son esprit.
Ses sujets sur le trône alors le replacèrent :
Avec soumission encore ils l'honorèrent
Comme leur souverain. Il devint plus puissant
Qu'il ne l'avait été jamais auparavant.

Récit LXIII.

BALTHASAR PROFANE LES VASES SACRÉS. DANIEL PRÉDIT SA RUINE.

—

Le fameux Balthasar remplaça sur le trône
Nabuchodonosor. Lorsqu'il eut la couronne,
Il oublia le triste et l'affreux châtiment

Qu'avait subi son père, et dans l'égarement
De son esprit railleur, de son orgueil impie,
Dans l'excès criminel de sa grande folie,
Il osa profaner les vases du Seigneur,
S'attira sa colère et toute sa rigueur.
Un soir il réunit dans un repas immense
Les grands de son empire, et poussa la démence
Jusqu'à faire porter au milieu du festin
Les objets consacrés au service divin
Dans le glorieux temple, et dans la ville sainte,
Dont son père autrefois avait détruit l'enceinte.
Loin de Jérusalem ces objets emmenés,
Par son père n'avaient point été profanés.
Il prit les coupes d'or, y but avec ses femmes
En proférant des chants, des paroles infâmes.
Sur le mur tout à coup quelque chose apparaît.
Une invisible main décrit d'abord un trait,
Et puis deux, et puis trois. Le roi s'émeut et tremble.
« Je frémis... Qu'est-ce là ? dit-il, que vous en semble ?...
« Vite, que l'on appelle et qu'on fasse venir
« Mes mages, mes devins, ou je me sens mourir !... »
Les mages, les devins viennent à l'instant même.
Leur embarras est grand ; leur frayeur est extrême.
Ils tremblent eux aussi, n'en peuvent plus de peur.
Ils gardent le silence ; ils sont dans la stupeur.
« Prince, rassurez-vous, lui dit alors la reine,
« Modérez les effets de la frayeur soudaine
« Qui vient de vous troubler ; car, comme vous je sais,
« Qu'il est non loin de vous, ici dans le palais
« Un homme qui de Dieu tient l'entière science
« Des secrets les plus grands. Faites l'expérience
« De son art merveilleux. — Qu'on le fasse venir.

« Ah ! je me sens revivre... Il va me secourir. »
Daniel vient, se présente, il regarde, il frissonne,
Car il a tout compris. L'Esprit de Dieu rayonne
Dans ses yeux, dans son âme. Avant de faire au roi
L'interprétation des paroles qu'il voit,
Et que l'Ange de Dieu sur le mur a tracées,
Il résume et reprend de plus haut ses pensées.
« O prince, lui dit-il, vous avez eu grand tort
« De ne pas réfléchir sur le funeste sort.
« Dont se vit accablé votre glorieux père
« Lorsque, pour son orgueil, il subit la colère
« Et l'indignation du puissant roi des cieux.
« Encore plus que lui vous serez malheureux,
« Parce que vous avez plus loin poussé l'audace.
« Je désire que Dieu dans ce moment efface
« L'arrêt que vous lisez, et qu'on voit sur ce mur.
« Il est affreux, terrible autant qu'il est obscur
« Pour vous, pour vos amis... Écoutez la sentence
« Que Dieu du haut du ciel sur vous fulmine et lance,
« Parce que sans pudeur vous avez profané
« Les objets de son culte. Entendez : c'est *Mané*
« Qui fait le premier mot, et *Thecel* le deuxième.
« Regardez bien, lisez : c'est *Pharès* le troisième.
« Voici par ces trois mots ce que dit le Seigneur ;
« Je suis en l'expliquant tout pénétré d'horreur.
« MANÉ, *c'est en ce jour que finira l'empire*
« *Que je t'avais donné, car je te le retire.*
« THECEL, *dans la balance on vient de te peser ;*
« *Hélas ! tu n'as été trouvé que trop léger.*
« PHARÈS, *oui, c'en est fait de ton vaste royaume.*
« *Il va tomber aux mains d'un grand, d'un vaillant*
« *Et deux peuples entre eux se le partageront.* [homme ;

« *Les Mèdes, les Persans à ta place y viendront.* »
Balthasar avait fait la promesse brillante
De revêtir d'abord de la pourpre éclatante,
Et de gratifier d'un riche colier d'or ;
De nommer après soi de son empire encor
Le troisième, celui qui de ce grand mystère
Lui ferait hardiment l'explication claire.
Daniel eut tout cela... Comme il l'avait prédit,
Balthazar succomba dans cette même nuit.
Il fut pris, mis à mort par Darius le Mède.
Le mal des Chaldéens fut dès lors sans remède.
Leur empire finit. Les Mèdes, les Persans
Régnèrent à leur place, et ce fut pour longtemps.

Récit LXIV.

DANIEL DANS LA FOSSE AUX LIONS.

—

Quand Darius le Mède assiégea Babylone ;
Lorsque de Balthasar il brisa la couronne,
De soixante-deux ans il se trouvait âgé.
Par lui, pour s'établir, rien ne fut ménagé.
Pour affermir son trône, et rendre son empire
Solide et florisssant, ce prince dut élire
Des chefs dignes de lui, des hommes éminents

En qui l'expérience eût devancé les ans.
Dans son royaume il fit vingt et deux satrapies.
Quand de leurs gouverneurs elles furent munies ;
Encore sur eux tous il en établit trois,
Et Daniel le premier. C'étaient de petits rois.
Daniel se signala par sa grande science,
Par son habileté, par son intelligence.
De son esprit divin le Seigneur l'assistait ;
Il triomphait de tout, rien ne lui résistait.
Le roi s'en aperçut. C'est ce qui le fit mettre
Par ce prince au-dessus de tous comme leur maître.
Ses émules, jaloux de l'action du roi,
Connaissant de Daniel la piété, la foi,
Sachant bien qu'à son Dieu sincèrement fidèle,
Rien ne l'arrêterait pour lui prouver son zèle,
Ils firent rédiger par le prince un décret
Portant peine de mort pour qui demanderait
A quelque autre qu'à lui, pendant l'entier espace
D'un mois absolument, un bienfait, une grâce.
Personne ne devait invoquer d'autre Dieu
Que le roi Darius ; et ce dans aucun lieu,
Temple, autel ni maison de son immense empire.
Avant la fin du mois au prince ils vinrent dire
Qu'ils avaient vu Daniel au mépris de ses lois,
S'adresser à son Dieu, et l'invoquer trois fois
Dans l'espace d'un jour, et pendant toute une heure.
C'était la vérité... Le roi gémit et pleure ;
Il voudrait exempter et garantir Daniel
Des suites du décret et d'un sort si cruel.
Mais, pour le disculper, vainement il insiste ;
On ne veut nullement l'entendre, on lui résiste
Des Mèdes, des Persans les institutions

révalent sur le roi. Dans la fosse aux lions
Daniel sera jeté. Telle était la sentence
Qu'avait su provoquer l'injuste violence
De tous ses ennemis conjurés contre lui.
Mais à son serviteur Dieu prêta de l'appui,
Il fit auprès de lui descendre un de ses anges,
Qui s'étant détaché des célestes phalanges,
Vint, et ferma la gueule aux cruels animaux
Qui devaient l'étouffer et le mettre en morceaux.
Le roi n'en pouvait plus de chagrin, de tristesse,
Tant il avait conçu pour Daniel de tendresse;
Mais il pensait le voir délivré par son Dieu.
Dès qu'on l'eut devant lui descendu dans ce lieu,
Rentré chez lui, le roi ne prit de nourriture,
Ne goûta de sommeil, d'aucune créature
Ne voulut près de lui voir la société
Jusqu'au matin suivant. Et s'étant transporté
Sur la fosse aux lions, au lever de l'aurore :
« Daniel, s'écria-t-il, y êtes-vous encore?
« — Oui, répondit bientôt le serviteur de Dieu.
« C'est l'ange du Seigneur qui, venant dans ce lieu,
« M'a sauvé des lions, et je suis plein de vie. »
Darius tressaillit; son âme fut ravie.
En entendant la voix de son ami Daniel,
Il se crut un moment transporté jusqu'au ciel.
On le sort, il le prend, sur son cœur il le presse;
Tous deux sont dans la joie, ils sont dans l'allégresse.
Mais le prince voulut punir les ennemis
De Daniel, ordonna que tous ils fussent mis
Sans retard dans la fosse, eux, leurs enfants, leurs femmes.
En un moment le corps de ces hommes infâmes,
Par les dents des lions furent mis en morceaux,

Et broyés à l'égal des plus tendres agneaux.
Le roi reconnaissant la puissance infinie
Du Dieu Très-Haut, à qui Daniel devait la vie,
Voulut qu'on honorât, qu'on priât en tous lieux
L'unique Souverain de la terre et des cieux.

Récit LXV.

SUSANNE DÉLIVRÉE PAR DANIEL.

Il était en ce temps à Babylone un homme
Appelé Joachim, du pays, du royaume
Du peuple d'Israël, des enfants de Juda,
L'un des plus opulents de ces régions-là.
Son habitation, d'un jardin magnifique
Se trouvait embellie ; et son charme rustique
Chez lui faisait venir un grand nombre de Juifs,
Et des plus distingués parmi tous les captifs.
Deux vieillards que le peuple avait choisis pour juges
(C'étaient au fond du cœur deux traîtres, deux transfuges,
Deux prévaricateurs), se rendaient chaque jour
Dans sa vaste maison. Ils y tenaient leur cour ;
Et c'était là qu'au peuple ils rendaient la justice.
Ces lieux furent témoins de leur grande malice.
Susanne, c'est le doux et le gracieux nom
De celle qui par la plus parfaite union
Devint de Joachim la légitime femme.

Ces vieillards, animés d'une pensée infâme,
L'ayant seule aperçue au fond de son jardin
Voulurent, au mépris du droit le plus divin,
La rendre à son époux, au Seigneur infidèle.
Mais ils ne purent pas triompher de son zèle
Pour la loi de son Dieu, ni lui faire oublier
Son mari Joachim. Par un trait singulier
De dépit, de fureur, de vengeance et d'audace,
Quoiqu'elle suppliât, et sans lui faire grâce,
L'accusant d'adultère et d'infidélité,
Ces deux affreux vieillards eurent la cruauté
De la faire conduire à l'infamant supplice
Infligé par la loi, contre toute justice.
Son époux, ses parents, ses voisins, ses amis,
De cet événement désolés et surpris,
A ce décret fatal ne purent la soustraire;
Et par là triomphait le dépit sanguinaire
Des infâmes vieillards. Comme on la conduisait
A l'endroit où, d'après l'usage, on lapidait;
Par l'effet du hasard Daniel sur son passage
Se rencontre. Il s'écrie avec un grand courage :
« Du sang qui va couler, moi je suis innocent.
« Entendez bien ce que je vous dis en passant! »
On s'arrête... Chacun connaissait les lumières
Et l'esprit de Daniel. C'était de tous les frères
Le plus intelligent et le plus éclairé,
Le plus chéri de Dieu, le plus considéré.
On revient en arrière, on se presse, on se hâte,
Car le jeune Daniel se fait fort, et se flatte
De confondre bientôt les deux accusateurs;
Et de montrer qu'ils sont les criminels auteurs
D'une accusation tant infâme qu'injuste.

Prenant l'un d'eux à part : « Réponds, dis quel arbuste
« A servi de témoin à son iniquité ?
« — C'est un prunier, j'en jure et dis la vérité.
« — C'est bien, » répond Daniel, puis il fit venir l'autre :
« — J'ai l'avis du premier ; vous, donnez-moi le vôtre,
« Et dites-moi quel arbre a vu prévariquer
« Celle dont il s'agit ; veuillez me l'indiquer ?
« — Un pommier, répond-il, je le dis, je l'assure ;
« J'en atteste le ciel, c'est la vérité pure. »
Daniel conta la chose et dit « : Vous le voyez,
« Serviteurs du vrai Dieu : Je veux que vous jugiez
« Vous-mêmes le procès. Parlez, votre sentence
« Sera celle de Dieu ; je le dis, je le pense. »
Dans toute l'assemblée on n'entendit qu'un cri :
Périssent ces vieillards sans grâce, sans merci.
Qu'on délivre Susanne. Elle est pure, innocente.
Que ses accusateurs d'une mort violente
Soient aussitôt punis ! Les vieillards arrêtés,
Tous les deux sur-le-champ furent exécutés.

Récit LXVI.

DANIEL ET LES PRÊTRES DE BEL. — LE SERPENT DE BABYLONE.

—

Cyrus depuis un an régnait à Babylone.
Daniel l'accompagnait jusqu'aux degrés du trône ;

Il mangeait à sa table ; il ne le quittait pas.
Le roi voulut un jour, après un grand repas,
Que Daniel adorât avec lui la statue
Du dieu *Bel*. « — Pensez-vous donc que je m'évertue,
« Dit-il, à prodiguer mes salutations,
« Mes hommages, mes vœux, mes génuflexions
« A celui qui n'a pas en soi-même la vie ?
« Ce serait de ma part absurdité, folie.
« Je sers le Dieu vivant ; je n'adore que lui.
« Non, je ne voudrais pas lui manquer aujourd'hui.
« — Bel est un dieu vivant, dit le prince, et la preuve,
« Bien qu'à notre regard encore il ne se meuve,
« C'est qu'il mange. Il lui faut pour vivre chaque jour
« De la chair et du vin. — Prince, ce n'est qu'un tour
« Habilement joué par ses indignes prêtres.
« Je vous le montrerai. Ce ne sont que des traîtres.
« Ils vous mentent, seigneur ; non, *Bel* ne mange pas ;
« Et c'est à vos dépens qu'eux font ces grands repas. »
(C'étaient quarante agneaux, et six grandes mesures
D'un vin généreux pris aux sources les plus pures
De la cave du roi, qu'on portait chaque soir
Dans le temple de *Bel*, pour ne les plus revoir.)
« — Si c'est vrai, dit Cyrus, il faudra qu'ils périssent,
« Et que tous à la fois justement ils subissent
« La peine du mensonge et de l'iniquité
« Dont ils sont les auteurs... C'est une indignité !
« — Tous, chaque soir, ils vont au temple pour soustraire
« Les vivres apportés. » Le roi dit en colère :
« Ils mourront si c'est vrai... Toi, Daniel, tu mourras
« Si c'est bien *Bel* qui mange. — O roi, je ne crains pas ;
« Permettez avec vous seulement que je vienne
« Dans le temple de Bel. — Oui, qu'à cela ne tienne.

« — Quand les vivres seront transportés en ce lieu,
« Disposés avec art sur la table du dieu? »
« — Oui, je te le permets. » Le soir, Daniel fit prendre
Par deux de ses valets et porter de la cendre ;
En répandit autour de la table et des mets.
Le lendemain, les yeux du prince stupéfaits,
De pieds d'hommes, d'enfants, contemplèrent la trace
Sur le pavé du temple. Aussitôt et sans grâce
Il les fit venir tous, il les fit tous mourir.
Il permit à Daniel même d'anéantir
Le dieu Bel et son temple... « — A Babylone encore
« Il est un autre dieu qu'on craint et qu'on adore,
« Dit Cyrus à Daniel, et c'est un dieu vivant :
« C'est un serpent énorme. Et vous assurément
« Vous viendrez l'adorer. — Prince, s'il a la vie,
« Par moi je veux bientôt qu'elle lui soit ravie.
« Permettez-le ; je n'ai pas besoin de bâton
« Ni de glaive non plus pour la destruction
« De ce monstre adoré. » Daniel fait une boule
Avec trois éléments, qu'il confond et qu'il roule.
Le serpent la dévore et tombe au même instant.
Les Babyloniens irrités cependant
Vinrent trouver le roi. Dans la fureur extrême
Qui les transportait tous, ils lui dirent : « Vous-même,
« Nous vous ferons mourir, ou bien livrez Daniel ! »
Cyrus s'exécuta dans l'espoir que le ciel
Sauverait son am de leurs mains criminelles.
Il ne se trompa pas. Les choses furent telles.
On mit encor Daniel dans la fosse aux lions.
Ils étaient sept. Par jour deux corps morts, deux moutons
Leur étaient apportés : ils suffisaient à peine
Pour les rassasier. Pendant une semaine,

On ne leur donna rien ; ils furent sans manger.
Même en les excitant, on ne put engager
Ces cruels animaux à gronder, à rien faire
Contre Daniel. Des cieux une vive lumière
Sur lui se reflétait, écartait les lions.
Le prophète *Habacus* vint dans ces régions
Lui donner à manger, transporté par un ange.
Or, au bout de sept jours, le prince se dérange,
Et quittant son palais, il vient près de l'endroit
Où se trouvait *Daniel*. O surprise ! il le voit
Au milieu des lions pleins de vie... Il ordonne
De le faire sortir, et son âme bouillonne
De fureur contre tous ses faux accusateurs.
A sa place on les mit, malgré leurs cris, leurs pleurs,
Dans la fosse aux lions, qui tous les dévorèrent.
Les Babyloniens confus se retirèrent ;
Et Cyrus décréta que le dieu de Daniel
Serait seul adoré comme le roi du ciel.

Récit LXVII.

RETOUR DE LA CAPTIVITÉ. — RECONSTRUCTION DE JÉRUSALEM ET DU TEMPLE.

—

Cyrus fut convaincu de la toute-puissance
Du Dieu des Juifs. Daniel, fort de la confiance
Que le roi lui donnait, il lui persuada

De laisser revenir les enfants de Juda
Dans leur propre pays, afin d'y reconstruire
Leur temple, leur cité. Cyrus voulut écrire
Cet ordre de sa main. Dès lors, le peuple juif
Qui soixante-dix ans avait été captif,
Comme l'avait prédit autrefois Jérémie,
Put prendre le chemin de sa chère patrie.
Cyrus fit rendre aux Juifs tous leurs vases sacrés.
Les Babyloniens s'en étaient emparés,
En avaient enrichi, paré leur capitale.
Le prince leur donna, d'une main libérale,
De l'argent et de l'or pour la construction
De leur temple et des murs de l'ancienne Sion.
Les Juifs, en bénissant Cyrus et Dieu, partirent
Du pays de l'exil. Et du plus loin qu'ils virent
Les cités d'Israël, ses terres et ses champs,
Transportés de bonheur, ils firent de leurs chants
Éclater aussitôt la joyeuse harmonie,
Et mêlèrent des pleurs à cette symphonie.
A leur tête on voyait le grand *Zorobabel*.
Ce chef avait été désigné par le ciel.
On les laissa d'abord s'établir dans leurs villes,
Leurs terres et leurs champs, leurs anciens domiciles.
Ils dressèrent ensemble un autel au Seigneur,
D'où s'élevait vers Dieu la très-suave odeur
De leur pieux encens, de leurs saints sacrifices.
Par le plus étonnant, le plus grand des caprices,
Les colons chaldéens, ne voulant consentir
A les laissser construire, à leur laisser bâtir
Jérusalem surtout, au prince ils écrivirent.
(C'était *Artaxerxès*.) Dans la lettre, ils lui dirent
Qu'au projet des Hébreux il devait s'opposer,

10.

Vu que Jérusalem serait pour l'étranger
Une place à jamais terrible et formidable.
Artaxerxès jugea qu'il était raisonnable
De s'opposer aux Juifs, d'arrêter leur dessein;
Et donna pour cela son consentement plein.
Un peu plus tard pourtant il changea de pensée :
Lui-même il décréta que fût recommencée,
Reprise par les Juifs cette construction,
Qu'on relevât les murs de l'ancienne Sion.
Il permit même à ceux qui, loin de leur patrie,
Avaient été laissés dans la Babylonie,
D'aller dans leur pays, de quitter ses États.
Ils étaient en grand nombre. Or cette fois Esdras,
Le lévite de Dieu, s'avançait à leur tête.
Ce fut pour tous les Juifs une seconde fête...
Mais les voisins jaloux s'opposèrent encor
A leurs pieux travaux avec un tel effort,
Que Darius, régnant pour la seconde année,
Il fallut que par lui fût encore signée
Cette permission. Malgré tous leurs voisins,
Ils travaillaient enfin. De l'une des deux mains
Ils tenaient la truelle, et de l'autre la lance.
Dieu couronna leur zèle et leur persévérance ;
Et dans moins de sept ans le temple fut fini,
Jérusalem avec ses murailles aussi.
De la maison de Dieu l'on fit la dédicace:
Elle était grande et belle, et construite avec grâce ;
Les jeunes l'admiraient en la considérant,
Les vieillards attristés pleuraient en la voyant;
Car ils se souvenaient de la magnificence
De l'ancien temple et de toute son élégance.
Esdras à haute voix lut la loi du Seigneur,

Rappela ses bienfaits. Le peuple, d'un grand cœur,
Promit de respecter toujours cette loi sainte;
De la suivre à jamais, par amour, sans contrainte,
Afin de conjurer la colère du ciel,
Il en fit au Seigneur le serment solennel.

————oo⚬Ꙩ⚬oo————

Récit LXVIII.

TOBIE ET SON FILS.

—

Salmanasar ayant conduit dans l'Assyrie
Les enfants d'Israël, l'un d'eux, nommé Tobie,
Habitait à *Ninive*. A cause de sa foi,
Dieu voulut qu'il gagnât l'estime du grand roi.
Loin d'abuser des dons que sa munificence
Lui faisait chaque jour ; dans leur triste indigence,
Il aidait, secourait ses frères malheureux,
Dont il rendait le sort moins cruel, moins affreux.
Le roi lui permettait d'aller dans tout l'empire ;
Et ce qu'il désirait, il n'avait qu'à le dire.
Dans *Ragès* il prêta dix bons talents d'argent ;
A *Gabelus*, retint un écrit pour garant
Afin qu'il pût un jour, si venait la misère,
Recouvrer cette somme, et l'avoir tout entière.
Le roi *Salmanasar* avait fait mettre à mort

Un grand nombre d'Hébreux, pour se venger du sort,
Des revers qu'il avait éprouvés en Judée.
Son âme par l'instinct du bien toujours guidée,
Se portait à veiller afin d'ensevelir
Ceux des siens que, le jour, on avait fait mourir.
Il ne redoutait point le travail, la fatigue,
Ni le courroux du roi, qui périt par l'intrigue
De ses propres enfants. On lui rendit ses biens,
Son ancienne faveur. Toujours quelqu'un des siens
Gisait dans quelque endroit, mort, et sans sépulture.
Sitôt qu'il l'apprenait, laissant sa nourriture,
Quittant tout, il partait se rendait dans le lieu
Qu'on avait désigné. Pour l'amour de son Dieu,
Bravant l'ordre des chefs, il mettait dans la terre
Le corps inanimé de son malheureux frère.
Chez soi pendant le jour, lui-même il les portait,
Et la nuit, avec soin les ensevelissait.
Un soir, n'en pouvant plus, le long d'une toiture
Il tomba de fatigue, et tournant sa figure
Et ses yeux vers le ciel, soudain il s'endormit.
Dans ses yeux par hasard tomba du haut d'un nid
L'excrément enflammé d'une jeune hirondelle,
Qui fut à son égard bien dure et bien cruelle.
Car il se releva de là ne voyant plus...
Mais ce fut le sujet de plus grandes vertus.
Ses parents, ses amis d'injures l'accablèrent;
Et sans ménagement bien haut ils l'accusèrent
D'avoir cherché lui-même un si funeste sort
Mille fois plus cruel, plus affreux que la mort.
« Pour moi, je bénis Dieu, leur répondit Tobie :
« A sa volonté sainte, oui je me sacrifie. »
Au lieu de murmurer, il priait le Seigneur,

Le servait et l'aimait avec plus de ferveur.
Cependant à grands pas arrivait la vieillesse.
Tobie avait perdu son ancienne richesse.
Pensant qu'à *Gabelus* il avait confié
Dix talents d'argent pur, et de bonne amitié,
Il fit venir son fils, lui dit : « Approche, écoute.
« De *Ragès* sans retard tu vas prendre la route.
« Emporte cet écrit, rends-toi chez *Gabelus*
« Dont tu connais le nom, et surtout les vertus...
« (Tu ne peux pas tout seul faire ce long voyage.
« Trouverais-tu quelqu'un dont le noble courage
« Voulût t'accompagner, et s'y rendre avec toi?...)
« Je lui prêtai jadis, et l'écrit en fait foi ,
« Dix bons talents d'argent, il voudra te les rendre,
« Sachant que de ma part chez lui tu viens les prendre. »
Son fils obéissant à son père, aussitôt
S'en alla pour chercher, et rencontra bientôt
Quelqu'un qui voulut bien faire avec lui la route.
C'était un habitant de la céleste voûte.
L'archange Raphaël, qui prit d'Azarias,
Homme de sa tribu, mais non pas des plus bas,
La taille, les habits, les traits, la ressemblance.
De ce secret d'abord il n'eut pas connaissance.
Avant que de partir avec Azarias,
Il revint vers son père et se mit dans ses bras.
Son père le couvrit de baisers et de larmes,
Lui disant que son cœur serait dans les alarmes
Jusqu'au jour fortuné qui le ramènerait
Près de ses cheveux blancs, et qui le lui rendrait.

Récit LXIX.

VOYAGE DU JEUNE TOBIE.

—

Le fils du vieux Tobie et l'archange partirent.
Le petit chien suivit. D'abord ils se rendirent
En hâte vers le Tigre. Ils allaient le passer,
Quand Tobie ayant vu contre lui s'élancer
Un énorme poisson, jette un cri d'épouvante ;
Il se croyait déjà dans sa gueule béante.
« Rassure-toi, dit l'ange, invoque le Seigneur ;
« Prends, saisis ce poisson sans crainte et sans frayeur ;
« Entraîne-le vers toi, couche-le sur le sable. »
Tobie obéissant prit ce monstre effroyable
Par l'ouïe, et sans peine il le mit sur le bord.
Le poisson s'agita, se secoua d'abord ;
Puis il resta bientôt sans mouvement, sans vie.
« Ouvre son estomac, dit l'archange à Tobie.
« Prends le foie et le cœur ; garde encore le fiel.
« Ils ont une vertu que leur donna le ciel,
« Et que plus tard à toi je te ferai connaître.
« — Tout ce que vous voudrez, car vous êtes mon maître,
« Répondit le jeune homme. » Ils mirent du poisson
Toutes les chairs en pièce, firent la salaison
De tout ce qu'il faudrait pour manger au voyage
Qu'ils reprirent après avec plus de courage,
Ayant fait en ce lieu d'abord un bon repas.
Sans fatigue ils marchaient, ils redoublaient le pas.

Ils conversaient entre eux... « Écoute, lui dit l'ange,
« Ce que tu vas savoir. Excuse si je change
« Le sujet du discours. Tu connais Raguel ;
« Il n'est pas loin d'ici. Des enfants d'Israël
« Captifs dans cet endroit, c'est un des plus fidèles.
« Sa fille est sage, quoiqu'il en soit de plus belles.
« Écoute mon conseil. Nous allons aujourd'hui
« Rester dans cet endroit. Nous logerons chez lui.
« Tu lui demanderas sa fille en mariage.
« Tu l'obtiendras, le ciel te fait cet avantage.
« — Mais, répond le jeune homme, elle a eu sept maris
« Qui tous sept par la mort se sont trouvés surpris
« Le premier jour, le soir !... — Attends, que je t'explique
« La cause de ce fait si cruel, si tragique.
« Le démon en est seul l'épouvantable auteur.
« Ces hommes n'ayant pas imploré du Seigneur
« L'appui ni le secours, l'infernale puissance
« Contre eux s'est déchaînée, apprends-le bien d'avance.
« Toi ,tu t'adresseras au puissant Dieu du ciel,
« Et tu triompheras de ce démon cruel,
« Par la vertu du foie, et l'épaisse fumée
« Que produira surtout sa substance enflammée.
« — D'après votre discours, frère, je ne crains rien, »
Lui répondit Tobie. Ils changent d'entretien...
Chemin faisant bientôt ensemble ils arrivèrent
Chez Raguel. D'abord tous deux ils l'embrassèrent.
De Tobie il était le parent, le cousin.
Raguel fit pour eux préparer un festin.
« Je ne mangerai pas, dit le jeune Tobie
« Si vous ne me donnez votre fille chérie
« Pour épouse aujourd'hui. » Craignant pour lui la mort,
Raguël se taisait. « Parlez, vous auriez tort

« De ne pas consentir à ce que votre fille
« Épouse ce jeune homme, il est de la famille,
« Et de plus il craint Dieu, » dit l'ange à Raguel.
Raguel consentit aux volontés du ciel.
Sara joignit sa main à celle de Tobie.
Par le Dieu d'Abraham l'union fut bénie.
L'acte en étant dressé tout le monde mangea,
But avec grand bonheur ; et Tobie observa
Ce que l'ange avait dit. Ainsi par la prière,
Par la vertu du foie et l'effet salutaire
De sa fumée épaisse, il chassa le démon.
Cependant Raguel, dans la prévision
Qu'il mourrait, et qui fut heureusement très-fausse,
Avait déjà pour lui fait creuser une fosse.
Azarias porta l'écrit à Gabelus.
Il recouvra l'argent de sa main, et de plus,
Aux noces du jeune homme il l'emmena lui-même.
Aussitôt qu'il le vit, plein d'une joie extrème,
Gabelus embrassa le fils de son ami.
La fête ne fut pas célébrée à demi,
Mais le repas surtout fut des plus magnifiques ;
On y mêla les chants, les airs des saints cantiques ;
Raguel écrivit en présence des siens
Qu'à son gendre il donnait la moitié de ses biens ;
Et que l'autre moitié pour lui serait encore
Quand ses jours finiraient, quand la mort viendrait clore
　　　yeux. Après cela Tobie, Azarias
Et Sara vers Ninive allèrent à grands pas.

Récit LXX.

RETOUR DU JEUNE TOBIE. — GUÉRISON DU PÈRE.

—

Chaque jour cependant Tobie et son épouse
Attendaient leur cher fils. Elle, sur la pelouse
D'un coteau verdoyant, allait souvent s'asseoir
Avec anxiété, pensant l'apercevoir
Quand il viendrait au loin... Enfin, dans la campagne
Elle le voit venir du haut de la montagne.
Joyeuse, elle se rend auprès de son mari,
Dont le cœur aussitôt et l'âme ont tressailli.
Soudain ne pensant plus qu'il est encore aveugle
(Tant l'amour paternel illusionne, aveugle),
Il court en trébuchant; puis saisissant le bras
Du jeune serviteur qui vient guider ses pas,
Il s'élance avec lui, va vite à la rencontre
De son enfant chéri. Mais rien ne le lui montre.
Cependant, ô bonheur! il reconnaît sa voix.
Il lui donne ses mains, sa figure à la fois;
Il l'embrasse, et ses yeux se remplissent de larmes
De joie et d'allégresse. Adieu donc ses alarmes.
Il loue, il remercie, il bénit le Seigneur,
Qui se montre si bon envers son serviteur.
Le fils tout transporté se jette sur son père,
Qui bientôt par ses soins reverra la lumière.
Sur l'avis de l'archange, il avait emporté
Le fiel du gros poisson, dont la propriété

11

Devait être de rendre aux aveugles la vue.
Cette propriété fut bientôt reconnue ;
Car Tobie à son père ayant lavé les yeux
Avec l'eau de ce fiel, de leurs orbites creux
On vit bientôt sortir une peau blanche et fine.
Et ce fut par l'effet de la bonté divine
Qu'il revit la lumière encor pour bien longtemps ;
Car il mourut âgé de plus de cent deux ans,
Alors il n'en avait guère plus de soixante.
L'épouse du jeune homme et sa suite plus lente
Dans sa marche, en arrière arrivaient doucement.
Grand et délicieux fut le contentement
Du père de Tobie et de sa vieille mère,
Quand ils virent tous deux cette femme si chère
Au cœur de leur enfant, et qui venait à eux
Avec empressement, et d'un air radieux.
Pleins de joie, au plus tôt vers elle ils se rendirent,
La prirent dans leurs bras, chez eux l'introduisirent.
Et puis on invita parents, amis, voisins.
Pendant sept jours entiers de repas, de festins,
Des deux nouveaux époux on fêta l'arrivée.
Sara, par ses parents noblement élevée
Parut douce et modeste. Elle fit leur bonheur.
« Mais que faudra-t-il rendre à cet homme de cœur,
« Qui si fidèlement t'a suivi dans ta route?
« Dit Tobie à son fils. Il voudra bien, sans doute,
« Pour prix de ce service, et du bien qu'il t'a fait
« (Car il ne faut jamais oublier un bienfait),
« Accepter de ta main une bonne partie
« Des biens que nous avons. Et si sa modestie...
« — Non, dit Azarias, je n'accepterai rien.
« Voici ce que je suis: Tobie, écoutez bien.

« Je suis l'ange de Dieu, l'un des sept qui l'assistent
« Dans son palais sacré. Les hommes qui résistent
« Au mal, et font le bien, sans hésiter jamais ;
« Tous ceux qui par Satan ne sont point désarmés,
« Quoiqu'ils soient accablés de grandes infortunes,
« De chagrins prolongés, de douleurs importunes...
« Tous ceux qui servent Dieu, le bénissent toujours,
« Avec persévérance implorent son secours,
« Comme vous l'avez fait, il leur prête son aide,
« A leurs infirmités il apporte un remède.
« Alors que vous donniez la sépulture aux morts,
« Et quand vous employiez vos biens et vos efforts
« A secourir en tout, à soulager vos frères,
« Le Seigneur vous voyait. Il a de vos prières
« Entendu les soupirs quand une infirmité
« Sur vous s'est abattue, et vous a visité
« Pour donner le plus bel éclat, le dernier lustre
« A vos rares vertus, et rendre plus illustre
« La grande patience et la soumission
« Que vous avez montrée en cette occasion.
« C'est lui qui m'a mandé, n'en ayez aucun doute,
« Auprès de votre fils, pour lui servir en route
« D'ami, de compagnon, de guide, de rempart.
« Je suis venu vers vous encore de sa part,
« Pour vous faire du bien en vous rendant la vue,
« Et la fortune aussi que aviez perdue.
« Soyez donc maintenant et pour longtemps heureux,
« Que Dieu soit avec vous... Je repars pour les cieux ! »

Récit LXXI.

SIÉGE DE BÉTHULIE.

—

Nabuchodonosor voulait à son empire
Soumettre l'univers. Il allait jusqu'à dire
Qu'il en était lui seul et le maître et le dieu.
Holopherne portait la terreur en tout lieu.
C'était le général de son armée immense.
A lui tout se rendait presque sans résistance.
Les bourgs et les cités, les princes et les rois,
En le voyant venir souscrivaient à ses lois.
l brûlait les moissons, démantelait les villes ;
l ravageait les champs, et les rendait stériles.
e peuple de Juda craignait pour son pays,
t pour Jérusalem. Déjà les ennemis
lus nombreux que jamais, approchaient des frontières,
t les Juifs chaque jour, redoublaient leurs prières.
e prêtre Éliakim parcourut Israël ;
t supplia le peuple au nom du Dieu du ciel,
e s'armer aussitôt, et de se mettre en marche ;
'aller les arrêter, disant qu'auprès de l'arche
es lévites et lui feraient jusqu'au Seigneur,
our et nuit, arriver les élans de leur cœur,
endant qu'ils combattaient. Ce fut à *Béthulie*
u'en hâte on se rendit pour sauver la patrie.
ette ville fermait les abords du pays
es enfants d'Israël. *Holopherne* surpris,

urieux à la fois de voir la résistance
u'ils osaient opposer à sa grande puissance,
it qu'il se vengerait de cette nation,
ar sa ruine entière et sa destruction.
 comptait sans leur Dieu... Mais ne voulant pas prendre
'ette place de force, et préférant attendre
u'elle-même elle vînt se rendre entre ses mains,
 fit partout creuser dans les endroits voisins,
arvint à découvrir l'aqueduc de la ville,
t le fit obstruer... Il rendit inutile
ar là la résistance et tout l'entêtement
ue les Juifs, disait-il, osaient imprudemment
éployer devant lui. Pire que la famine,
a soif devait bientôt amener la ruine
e la ville assiégée et de ses habitants.
uand l'eau fut épuisée, au bout de quelque temps
es prêtres et les chefs des Juifs allaient se rendre.
ais la voix d'une femme alors se fit entendre.
lle dit : « Arrêtez ! encore quelques jours,
 Et Dieu du haut du ciel enverra son secours. »
 dith était son nom... Elle était jeune et belle,
uoique veuve, et surtout à ses devoirs fidèle.
lle demande aux chefs, obtient permission
e sortir de la ville. Avant dans sa maison
lle va prier Dieu ; se couvrant d'un cilice,
 le s'offre à subir les coups de la justice,
 mourir, s'il le faut, pour sauver la cité.
uis elle se revêt avec rapidité,
ais avec grâce, avec une grande élégance
 ses plus beaux habits. Et sur elle elle agence
 inture de diamants, bijoux, bracelets d'or,
)ucles d'oreille, anneaux, alliances encor.

Elle orne ses cheveux de brillantes parures ;
Puis pleine de courage et d'intentions pures,
S'en va trouver les chefs, qui tous en même temps
Bénissent sa démarche. Et dans quelques instants,
Elle voit devant soi les portes de la ville
S'ouvrir. Elle s'en va confiante et tranquille.
Sa servante la suit. Elles passent les murs,
Et rencontrent bientôt les satellites durs,
Les archers d'*Holopherne.* Ils sont épris des charmes
De la belle Judith... « Loin de vous les alarmes,
« Femme, nous ne voulons vous causer aucun mal.
« Loin de nous, loin de nous un dessein si fatal,
« Lui disent ces gens-là... Mais expliquez la cause
« Qui vous amène ici, car c'est pour nous la chose
« Qu'il importe le plus et surtout de savoir.
« Parlez, dites-le nous, ne perdez point espoir.
« — Je viens et je me rends, parce qu'était certaine
« Ma mort dans la cité. Sa résistance est vaine.
« Je viens vers votre chef ; conduisez-moi chez lui ;
« Je dois lui dévoiler quelque chose aujourd'hui.
« S'il veut bien m'écouter, il sera bientôt maître
« De la place assiégée, et ce, sans compromettre
« La vie et le salut d'aucun de ses soldats.
« Vers sa tente veuillez bien diriger mes pas. »

Récit LXXII.

JUDITH ET HOLOPHERNE.

—

Au général en chef *Judith* fut amenée ;
Elle vint devant lui sans paraître étonnée.
Holopherne d'abord, séduit par ses appas,
Fut muet, interdit ; il ne s'expliquait pas.
Mais revenant bientôt du trouble dont son âme
Avait été saisie, il dit à cette femme :
« D'après la vérité, parlez, expliquez-vous :
« Quel est donc le motif qui vous a, près de nous,
« Fait venir en ce jour ? Vous avez su me plaire ;
« Je ne négligerai rien pour vous satisfaire.
« — Seigneur, répond Judith, je vais vous exprimer
« Un sentiment que vous ne pouvez point blâmer.
« C'est le désir ardent de pourvoir à ma vie
« Qui m'a fait aujourd'hui sortir de *Béthulie*.
« Prince, si vous voulez, je vous indiquerai
« Le moyen de la prendre, et je vous conduirai,
« Par un chemin secret, à travers une route
« Qu'aucun autre que moi ne sait, sans aucun doute.
« Il faut auparavant, pendant quatre ou cinq jours,
« Que j'implore de Dieu le tout-puissant secours.
« Vous permettrez, seigneur, vous permettrez que j'aille
« Chaque nuit au dehors et près de la muraille
« De la ville où réside, où s'invoque mon Dieu ;
« Car je ne pourrais pas le prier de ce lieu. »
Holopherne consent, lui fait, près de sa tente,
Préparer une salle ainsi qu'à sa suivante.

Le jour elle y restait, et quand venait la nuit,
Avec elle au dehors elle allait et sans bruit.
Par la fille elle avait fait prendre tous les vivres
Qui devaient leur suffire. Elle dit que les livres
De sa religion ne lui permettaient pas
Les mets dont Holopherne usait à ses repas.
Or Judith avec lui ne venait point à table,
Ne jugeant pas encor le moment favorable.
Holopherne pourtant le quatrième jour,
L'ayant fait inviter à se rendre à sa cour,
Judith le voulut bien. Très-richement parée,
Elle vint, se rendit chez lui dans la soirée.
On servit un festin. Dans l'excès du bonheur
Qui le réjouissait, qui transportait son cœur,
Holopherne mangea, but presque sans mesure.
Judith ne se servit que de la nourriture
Qu'elle avait apportée. Or, après le festin,
Quand fut sorti le monde, assoupi par le vin,
Le général dormait, et d'un sommeil extrême.
Judith vient, se recueille et prie en elle-même,
Saisit son sabre énorme, et lui tranche en deux coups
La tête qu'elle voit rouler à ses genoux.
Elle la prend, la cache ; elle sort de sa tente ;
Traverse tout le camp, vole avec sa suivante
Plutôt qu'elle ne marche. On la laisse avancer.
Auprès de *Bélhulie* elle vient se placer
Dans l'endroit où la nuit veillait la sentinelle,
Attendant de sa part quelque heureuse nouvelle.
Elle se fait ouvrir la porte et vient soudain
Se présenter aux chefs en tenant à la main
La tête d'*Holopherne*... Au lever de l'aurore,
Lorsque les ennemis dormaient tous presque encore,

On vint à l'improviste, on fondit sur le camp,
Avec un grand courage, et d'un commun élan.
Les soldats d'Holopherne aussitôt demandèrent
Leur général en chef. A sa tente ils frappèrent.
Hélas! le malheureux, il ne répondit pas.
Il nageait dans son sang, glacé par le trépas.
Bien loin de résister, aussitôt qu'ils le virent,
Tous les Assyriens pêle-mêle s'enfuirent,
Laissant, abandonnant armes, provisions,
S'embarrassant entre eux, courant dans les sillons,
Les coteaux, les vallons, à travers les montagnes.
Les Juifs les poursuivaient. Un seul de ces campagnes,
Ne put point s'échapper; ils succombèrent tous,
Et furent immolés au céleste couroux.
Les Juifs victorieux rentrent dans Béthulie;
La femme glorieuse à qui de leur patrie
Ils devaient le salut, reçoit de tous les siens
Des bénédictions. On regorge de biens.
Judith au Tout-Puissant adresse un saint cantique;
Lui rend grâce de ce triomphe magnifique,
Et dit que du Seigneur elle fut seulement,
Dans cette occasion, le plus humble instrument.

Récit LXXIII.

ESTHER, ASSUÉRUS, MARDOCHÉE, AMAN.

—

Assuérus ayant voulu montrer sa gloire
Aux grands de son empire, à ce que dit l'histoire,

Les fêta pendant près de cent quatre-vingts jours
Dans son palais de *Suze;* et durant tout le cours
De ce pompeux banquet, de cette fête immense,
Ce prince déploya tant de magnificence,
Que tous les invités en furent éblouis.
Ils venaient la plupart des plus lointains pays.
Le peuple de sa grande et belle capitale,
Pendant sept jours entiers eut une fête égale.
La reine en son palais traita pareillement
Les femmes de la ville, et magnifiquement.
Le dernier jour le roi désira que la reine
Comparût devant lui. Sa demande fut vaine.
Vasthi, c'était son nom, refusa de venir
Et de se présenter. Le roi, pour la punir,
De son rang élevé la déclara déchue.
Il fit donc publier dans toute l'étendue
De son immense empire, un édit qui portait
Que de chaque province on lui présenterait,
Pour qu'il pût l'épouser, la plus belle des filles,
Et qu'on la choisirait dans toutes les familles.
Il en vint un grand nombre... Une seule pourtant
Devait appartenir au monarque régnant.
On n'en garda que sept; et parmi ces sept, celle
Qu'on choisit pour le roi, comme étant la plus belle,
Ce fut la jeune Esther, des enfants d'Israël.
Elle observait en tout la loi du Dieu du ciel.
Sur elle *Assuérus* fixa sa complaisance.
Or il ne savait pas quelle était sa naissance.
Son oncle *Mardochée*, au palais chaque jour
Venait pour s'informer, près des gens de la cour,
De l'état de santé de sa jeune pupille,
Puis il se promenait longtemps calme et tranquille

Sous les parvis royaux. Mais il examinait
Tout ce qui se faisait, et tout ce qu'on disait.
Il s'aperçut un jour que deux des domestiques
D'Assuérus, faisaient les plans les plus tragiques ;
Qu'ils voulaient en un mot assassiner le roi.
N'ayant pu voir Esther, il fit venir vers soi
L'un de ses confidents, lui découvrit la chose.
De ces deux scélérats on instruisit la cause :
Ils furent tous les deux de ce fait convaincus ;
Tous deux furent jugés, condamnés et pendus.
Assuérus voulut qu'on mît dans ses annales
Cette cause. Elle était l'une des plus fatales.
Le roi pour favori prit un certain *Aman*,
Orgueilleux et jaloux, plus encor qu'intrigant.
Chaque jour au palais il voyait Mardochée.
Son âme contre lui fut vivement fâchée ;
Car il ne voulait pas, lui, fléchir le genou
Quand il passait. Dès lors Aman de son courroux
Ne put plus contenir les élans exécrables.
Il fit faire un édit, l'un des plus lamentables
Qui jamais eût paru. Par ce décret les Juifs,
Chez les Assyriens depuis longtemps captifs,
Devaient dans un seul jour payer tous de leur vie
Et de leurs biens aussi, cette injure subie
De la part d'un des leurs, par le cruel Aman.
Le prince approuva tout, mit son sceau pour garant.
Esther fut aussitôt par son oncle informée
De cet événement ; et s'étant enfermée
Dans ses appartements, elle pria son Dieu
Pendant plus de trois jours. En sortant de ce lieu,
Droit vers *Assuérus*, sans en être requise,
Elle porta ses pas. Elle fut bien surprise

De se voir échappée à la commune loi,
Par laquelle quiconque allait devant le roi
Sans en être requis, devait mourir sur l'heure.
Le prince la reçoit; elle entre, elle demeure
Avec Assuérus, qui, charmé de la voir,
Lui dit d'abord qu'il veut, qu'il désire savoir
L'objet de sa visite, et ce qu'elle demande.
Et bien loin de lui faire aucune réprimande,
Il l'assure qu'il va dans l'instant lui donner,
Qu'il veut à ses souhaits, à ses vœux accorder
Et sans restriction tout ce qu'elle désire,
Serait-ce la moitié de son immense empire.
Prince, répond *Esther*, Aman et vous ce soir,
Venez souper chez moi; remplissez mon espoir.

Récit LXXIV.

SUPPLICE D'AMAN.

—

Aman avec le roi vint dîner chez la reine.
Le prince d'une humeur toujours gaie et sereine
Quand il voyait Esther, lui dit : « Demande-moi
« Tout ce que tu voudras, aussitôt c'est à toi.
« — Non, répond celle-ci, je dois encor vous taire
« L'objet de mon désir. Je ne veux pas déplaire

« A Votre Majesté. Si vous venez demain
« Pour dîner avec moi, mon roi, mon souverain,
« Encore avec Aman, je vous dirai la chose.
« La dire maintenant, je ne puis ni je n'ose. »
Aman de ce repas s'en alla glorieux ;
La joie et le bonheur éclataient dans ses yeux.
Cependant Mardochée encor ce jour-là même
Se trouva devant lui. Par un mépris extrême,
Comme Aman le pensait, il ne l'adora pas.
Aussitôt, en colère, il redouble le pas,
Vient trouver ses amis : « Mon bonheur et ma joie
« Sont au comble, dit-il, mais faut-il que je voie
« Mardochée, un seul homme, oui, lui seul me braver,
« Quand la reine et le roi veulent bien m'honorer?
« C'en est trop, écoutez, il faut que je me venge. »
Il fait venir ses gens. L'on dresse, l'on arrange
Un immense gibet au milieu du jardin.
« Oui, dit-il, Mardochée, on l'y pendra demain. »
Le prince cependant passa la nuit entière
Sans sommeil, sans repos ; et, chose singulière,
S'étant fait apporter pour rompre son ennui
Le livre des hauts faits, il tomba sur celui
De cet homme maudit, du brave Mardochée,
De ce Juif généreux par qui fut empêchée
La ruine, la mort et la perte du roi.
Le prince répétait en soi-même : « Et, mais, quoi !
Non, je n'ai pas encor reconnu le service
De cet homme, grand Dieu ! quelle affreuse injustice !
Puis il dit à ses gens : « Allez chercher Aman. »
(Il venait au palais dans le même moment
Pour informer le roi de son projet funeste.)
L'un des valets répond aussitôt : « Prince, au reste,

« Il entre, le voici. — Soyez le bienvenu,
« Lui dit *Assuérus*. Vous vous êtes rendu
« Bien à propos. Chez vous j'allais vous faire prendre.
« Répondez sans détour. De vous je veux apprendre
« Ce que le roi doit faire en faveur d'un sujet
« Qu'il désire honorer ; car j'ai certain projet.
« — Prince, répond Aman, pensant bien que lui-même
« Il était ce sujet, l'honneur le plus extrême
« Que pût de votre part un homme recevoir,
« Selon ce que je crois, ce serait de se voir
« Promené par la ville et la place publique
« Sur le coursier du roi, vêtu de sa tunique,
« Par celui qu'après vous on nomme le premier,
« Par le plus grand de votre empire tout entier.
« — C'est bien, reprend le roi, faites pour Mardochée
« Ce que vous avez dit, car mon âme est touchée
« Du service éminent qu'a rendu ce sujet
« A son prince, et pour qui l'on n'a jamais rien fait. »
Aman s'exécuta. Le soir ce fut bien pire
Quand pendant le repas Esther se prit à dire :
« O prince, vous voyez ici, tout près de vous
« Le détestable objet de mon juste courroux !
« — C'est Aman ? — Oui, c'est lui. Oui c'est l'homme
« Qui veut par le dessein le plus abominable [exécrable
« Détruire, exterminer toute ma nation.
« — Vous êtes Juive, Esther ? — Oui, je suis de Sion. »
« — Et c'est mon favori qui veut que je poursuive
« Et que je mette à mort toute la race juive ? »
Là-dessus le roi sort, s'en va dans son jardin,
Rentre presque aussitôt. Il aperçoit soudain
Aman qui se prosterne aux genoux de sa femme
Pour lui demander grâce : « Encore cet infâme,

« Dit-il tout en courroux, ne respectera pas
« La reine mon épouse?... Oui, qu'il aille au trépas? »
Sur-le-champ on le mit à la même potence
Qu'il avait préparée et fait dresser d'avance
Pour le Juif Mardochée; et l'exécrable édit
Par le prince aussitôt fut déchiré, maudit.
Les Juifs furent partout en honneur. A leur place
Leurs plus grands ennemis subirent la menace
Que le cruel Aman avait faite contre eux,
Ils furent tous sauvés par le secours des cieux.

Récit LXXV.

JOB PERSÉCUTÉ PAR SATAN.

—

Dans la terre de *Hus* il existait un homme,
Tel que n'en posséda jamais aucun royaume
Un semblable, un pareil. Il connut le Seigneur
Dès ses plus jeunes ans, l'aima du fond du cœur.
Il possédait sept fils, avait aussi trois filles,
Tous les dix devenus chefs d'autant de familles.
Il avait des parents et des amis nombreux.
Il ne lui manquait rien; il était riche, heureux.
Le démon fut jaloux de sa vertu solide.
Et toujours pour le mal courageux, intrépide,

Il osa devant Dieu se présenter un jour
Au milieu de ses saints, quand il tenait sa cour.
« — Quoi ! te voilà, Satan, ô monstre abominable !
« Explique, dis quel est le dessein exécrable
« Qui te fait aujourd'hui venir si près de moi,
« Braver la majesté du tout souverain roi ?
« D'où viens-tu, lui dit Dieu ?...— Je viens de par la terre,
« Lui répondit Satan. — Eh bien, as-tu vu guère
« De mortels comme Job, aussi religieux,
« Aussi sages que lui, surtout aussi pieux ?
« — Seigneur, dit le démon, ce serait grand dommage
« Qu'il ne vous servît point, qu'il ne parût pas sage
« Lorsque vous lui donnez toute votre faveur,
« Quand il a tout ce que peut désirer son cœur ?...
« Permettez seulement que demain je le prive
« De ce dont il jouit. Oui, je veux qu'il m'arrive
« Toutes sortes de maux, si Job vous aime encor,
« S'il ne vous maudit pas dans son funeste sort.
« — Eh bien ! dit le Seigneur, pour cela je te donne
« Toute permission. Toutefois sa personne,
« Tu la respecteras, tu ne lui feras rien.
« J'y tiens par-dessus tout, Satan, comprends-le bien. »
Job possédait troupeaux, bêtes de toute espèce,
Presque en nombre infini. Pour comble de détresse,
Il perdit bœufs, chameaux, ânesses et brebis,
Et tous ses serviteurs furent tués ou pris
Dans l'espace d'un jour. Ses sept fils, ses trois filles
Périrent tous ensemble, ainsi que leurs familles.
Lorsque Job eut appris tous ces événements,
Il rasa ses cheveux, rompit ses vêtements ;
Et tombant à genoux, il embrassa la terre.
Or, sa soumission fut pleine, fut entière.

Bien loin de blasphémer, il bénit le Seigneur.
Job ne s'irrita pas au sein de son malheur.
Le démon fut vaincu, mais il eut l'imprudence
Encore de venir affronter la présence
Du puissant Dieu du ciel, au lieu de son séjour,
Quand avec tous ses saints il y tenait sa cour.
« D'où viens-tu ? lui dit donc le Seigneur en colère.
« — Je viens, répond Satan, de parcourir la terre.
« — Et mon serviteur Job, l'as-tu fait blasphémer ?
« A-t-il dans son malheur, dis, cessé de m'aimer ?
« — Mais je n'ai pas encore attaqué sa personne.
« Vous l'aviez défendu. Que le Seigneur me donne
« L'autorisation de nuire à sa santé,
« De lui faire du mal... Je dis en vérité
« Qu'il cessera bientôt de vous être fidèle,
« Et que vous entendrez sa bouche criminelle
« Maudire votre nom et maudire son sort.
« — Eh bien ! je le permets, dit le Seigneur encor.
« Va, fais ce que tu veux, mais respecte sa vie.
« Entends, je ne veux pas qu'elle lui soit ravie.
« Satisfais ton courroux, cause lui tout le mal
« Que peut imaginer ton pouvoir infernal. »
Satan part, croit déjà sa victoire complète.
Job que le ciel douait d'une santé parfaite,
Fut frappé tout à coup du mal le plus affreux.
Son corps n'est qu'une plaie, il est infect, hideux.
Ses voisins, ses amis, ses proches l'abandonnent ;
De son funeste sort tous ensemble ils s'étonnent.
Job seul ne s'émeut point. Il va sur un fumier,
Sans faire aucune plainte, et sans se récrier,
Toujours soumis à Dieu soigner la pourriture
Dont son corps est couvert. Il devient la pâture

Des insectes, des vers, est rongé jusqu'aux os.
C'en est fait, pour cet homme il n'est plus de repos.
Sa femme vient encor l'accabler de reproches,
En lui disant qu'il est la honte de ses proches,
Et qu'il doit hardiment maudire le Seigneur,
Qui vient de l'affliger d'un semblable malheur.
« — Vous êtes, lui dit Job, la plus vaine des femmes.
« Cessez donc ces discours, ils sont mauvais, infâmes.
« *Quand Dieu m'a fait du bien, je devais le servir.*
« *Maintenant il m'afflige, et je dois le bénir !* »

Récit LXXVI.

JOB ET SES AMIS.

Bientôt se répandit le bruit du sort funeste
De Job, et de son mal plus affreux que la peste.
Quatre de ses amis vinrent le visiter.
Or comme ils approchaient, Job les voit s'arrêter.
Saisis à son aspect, ils se couchent à terre ;
Et puis ils font voler jusqu'au ciel la poussière,
En signe du grand deuil, de l'amère douleur
Qui déchire leur âme, et pénètre leur cœur...
Ils gardèrent longtemps un absolu silence.
Job était triste et calme. Enfin, prenant l'avance,
Éclatant en soupirs : « Ah! périsse le jour,

« Dit cet homme affligé d'un accident si lourd ;

« Oui périsse à jamais le jour qui m'a vu naître,

« Le jour où Dieu m'a fait dans le monde apparaître !

« Plutôt, pourquoi la mort n'a-t-elle pas fermé   [aimé.

« Mes yeux quand ils s'ouvraient ?... Je l'eusse mieux

« Pourquoi, dis-je, m'a-elle allaité ma nourrice ?...

« N'eût-il pas mieux valu pour moi que je périsse

« En venant dans ses bras ?... Du moins dans les tom-

« Je dormirais en paix, et j'aurais du repos...   [beaux

« Devraient-ils donc jamais venir à la lumière,

« Tous ceux qui, comme moi, couchés sur la poussière,

« Gémissent nuit et jour sous le poids du malheur ?...

« Oui, la mort, je le dis, c'est le sort le meilleur

« Qu'ils puissent désirer. Sans cesse je l'appelle.

« Elle fuit loin de moi, l'ingrate, la cruelle.

« Ayez pitié de moi, vous, du moins, mes amis !...

« Le Seigneur m'a frappé... » Job cependant soumis

Aux ordres de son Dieu ne commit point d'offense,

Fut toujours sans péché. C'était la violence

Des maux qu'il endurait qui lui faisait tenir

Un langage si triste. Il ne put obtenir

Ce qu'il désirait tant, car bien loin de le plaindre,

Ses injustes amis voulurent le contraindre

A dire, à confesser des torts qu'il n'avait pas.

Celui qui le premier parle, c'est Eliphas.

Il taxe amèrement ses plaintes de faiblesse,

Et dit que le motif de la grande détresse

Qu'il éprouve et des maux auxquels *Job* est réduit,

Ce sont ses péchés seuls, et qu'il ne doit qu'à lui

S'en prendre et s'en vouloir. Job de son innocence

Proteste hautement. C'est en vain. L'insolence

De ses amis redouble, et *Baldad* le second

Parle aprés *Eliphas*, l'accable et le confond.
Il lui dit que s'il veut enfin se montrer sage,
Il doit devant eux tous, sans tarder davantage,
Avouer humblement qu'il n'est qu'un criminel
Digne de tous les maux dont l'accable le ciel.
Après ceux-ci *Sophar* lui dit et lui répète
Qu'à se croire innocent vainement il s'entête ;
Qu'il doit s'humilier. *Éliu* le lui dit
Encore bien plus fort. Et Job reste interdit.
Mais Dieu dans ce moment paraît sur un nuage.
« Quel est, dit-il, quel est cet insolent langage
« Que j'entends et qui vient jusqu'à moi dans les cieux?
« Quels sont donc ces mortels aussi présomptueux
« Qu'insensés et méchants, qui parlent de la sorte?
« C'est à moi, sachez-le, maintenant qu'il importe
« De justifier Job, quand vous l'accablez tous.
« Oui, vous vous exposez aux traits de mon courroux.
« Toi, tu n'as pas cessé, *Job*, de m'être agréable
« Quand Satan t'a frappé d'un sort si lamentable.
« Oui, quoique te plaignant, toujours tu t'es soumis,
« Toujours tu m'as cédé. Tes injustes amis,
« Ils ont par leur orgueil et par leur arrogance,
« Ils ont tous mérité les coups de ma vengeance.
« Et si tu ne veux pas intercéder pour eux,
« Je vais les accabler des maux les plus affreux.
« Offre-moi, sans tarder, de nombreux sacrifices.
« D'agneaux et de brebis, de taureaux, de génisses,
« Et je consens dès lors, à ne pas les punir.
« Santé, famille, biens, tout va te revenir.
« Tu seras plus heureux, je te le dis d'avance,
« Qu'aux jours de ta plus grande et plus riche abondance. »
Job fit tout ce qu'avait ordonné le Seigneur,

Et sauva ses amis d'un souverain malheur
Qui les aurait frappés. Fléchi par sa prière,
Dieu déposa les traits de sa juste colère.
Job retourna chez soi; bientôt tous ses parents
Vinrent le visiter, lui firent des présents.
Au bout de quelque temps il eut plus de richesses,
Grâce aux présens des siens, grâce à tant de largesses
Que jamais il n'en eut aux jours de sa splendeur.
Comme Dieu l'avait dit, pour comble de bonheur,
Il devint père encore; il eut encor trois filles,
Dont il vit élever les nombreuses familles.
Il tint sur ses genoux ses arrière-neveux,
Puis s'en alla jouir de la gloire des cieux.

Récit LXXVII.

ANTIOCHUS PERSÉCUTE LES JUIFS.

—

Alexandre qui fit trembler toute la terre,
Avait de l'univers fait la conquête entière;
Et lorsqu'il expira, quatre grands généraux
Partagèrent entre eux le fruit de ses travaux.
Un de leurs successeurs dans la grande Syrie,
Criminel et méchant, mais jusqu'à la folie,
Antiochus, nommé l'*illustre*, et bien à tort,
Fit une injuste guerre aux Juifs jusqu'à sa mort.

Il s'empara d'abord des richesses du temple,
Et permit à tous ceux qui voudraient, à l'exemple
Des autres nations, adorer les faux dieux,
De faire en leur honneur des autels en tous lieux.
Puis il renouvela les remparts de leur ville.
Longtemps *Jérusalem* avait été tranquille,
Et sans trouble depuis sa résurrection.
Antiochus y mit la révolution ;
Chassa ses habitants, mit en cendre, en ruines
La plupart des maisons. A l'aide de machines,
Il entoura de murs la cité de David,
Y construisit des tours. Or, ce fut là qu'il mit
De ses sujets à lui, tous gens de race impie,
Tous suppôts de l'enfer, tous pleins de barbarie.
Lorsqu'ils vinrent, les Juifs fuirent de toutes parts,
Et de *Jérusalem* quittèrent les remparts.
Mais ce qu'Antiochus fit de plus exécrable,
C'est qu'il mit la statue impie et détestable
D'une divinité sur l'autel du Seigneur.
Les vrais Juifs soupiraient jour et nuit de douleur.
Un grand nombre pourtant se soumirent, cédèrent
Aux lois d'Antiochus. Sans crainte ils désertèrent
Les préceptes sacrés, le culte du vrai Dieu,
Devinrent apostats. On en vit en tout lieu,
Se mêler aux gentils, et manger de leurs viandes,
A leurs divinités présenter des offrandes.
Enfin, Antiochus voulait tous les forcer
A devenir païens. Mais afin d'effacer
Jusqu'au dernier vestige, à la dernière trace
De leur loi sainte, il eut l'impiété, l'audace,
De prendre et de brûler tous les livres sacrés.
Pour ceux qui les cachaient, ils étaient massacrés.

Il avait défendu surtout de circoncire
Les enfants nouveau-nés. Il les faisait détruire
Quand on en rencontrait, ainsi que leurs parents.
Jamais on n'avait vu fondre des maux plus grands
Sur le peuple de Dieu... Plein d'un noble courage,
Matathias, afin de conjurer la rage
De ce cruel tyran, fit un appel à ceux
Qui voudraient s'opposer à ses desseins affreux.
Suivi de ses cinq fils, à travers les campagnes,
Au loin il emmena, d'abord sur les montagnes
Et dans les lieux déserts, les enfants d'Israël,
Qui voulurent garder la loi du Dieu du ciel.
Femmes, enfants, troupeaux, ils marchaient tous ensemble.
Antiochus l'apprend, et de dépit il tremble.
Il envoie aussitôt ses gens et ses soldats.
Or ceux-ci choisissaient les fêtes, les sabats
Que prescrivait leur loi, pour leur faire la guerre.
La déroute des Juifs fut d'abord presque entière.
Observateurs zélés de la loi du Seigneur,
Ils ne combattaient pas, mais ils restaient sans peur,
Aimant mieux observer en mourant la loi sainte,
Que de déplaire à Dieu dont ils avaient la crainte.
Bientôt, se ravisant, ils crurent faire mieux,
Et ne pas offenser le roi clément des cieux,
En combattant les jours de sabat et de fête.
Dieu bénit leurs efforts. Après une défaite,
Matathias ayant fait venir près de lui
D'assez nombreux renforts, aidés de leur appui,
Les Juifs eurent bientôt victoire sur victoire
Contre leurs ennemis, se couvrirent de gloire,
Recouvrèrent leurs biens, firent beaucoup de mal
A ces hommes guid   par l'esprit infernal.

Matathias, avant de finir sa carrière,
Entouré de ses fils, à son heure dernière,
Et des principaux chefs, à tous il fit jurer
Qu'ils combattraient toujours, afin de délivrer
Entièrement leur peuple et leur nation sainte
Du joug d'Antiochus, de l'injuste contrainte
Par laquelle il voulait tous les assujettir
A braver du Seigneur les lois, à le trahir.

Récit LXXVIII.

JUDAS MACHABÉE.

—

Quand de Matathias la tête fut courbée
Par la mort, à Judas qu'on nommait Machabée
Le haut commandement fut aussitôt donné.
C'était son second fils, Simon était l'aîné.
Or Judas fut toujours, par son noble courage
Et par sa piété, de son père l'image.
Il se battit d'abord avec un grand succès
Contre Apollonius, et puis il eut accès
Dans des villes, des bourgs qu'il prit sans résistance.
Antiochus voyant que malgré sa puissance
Il ne pouvait des Juifs comprimer les efforts,
Contre eux il envoya Lysias, des plus forts

Et vaillants généraux de sa nombreuse armée :
Mais celle de Judas n'en fut point alarmée.
Lysias fit d'abord avancer Gorgias,
L'un de ses lieutenants. Par le brave Judas
Il fut vaincu, les siens furent tous mis en fuite.
Lui-même, Lysias arriva, vint ensuite ;
Il ne put l'emporter ; il eut le même sort
Qu'avait eu Gorgias. On prit la fuite encor.
Outré, n'en pouvant plus de rage, de colère
Résolu cependant de poursuivre la guerre,
Il part pour Antioche, y choisit des soldats
Meilleurs et plus nombreux. Pendant ce temps Judas
Accompagné des siens, traversa la campagne,
Se rendit avec eux sur la sainte montagne
De *Sion*, qu'il trouva dans un désordre affreux.
En la voyant, de pleurs se mouillèrent leurs yeux.
L'herbe croissait partout et jusque près du temple.
Judas en y entrant, avec horreur contemple
Sur l'autel profané l'image des faux dieux.
Transportés, devenus saintement furieux
Ses compagnons et lui brisèrent, détruisirent
La statue et l'autel. Ensuite ils construisirent
Un autel tout nouveau. Quand l'autel fut fini
Dans le temple Judas aussitôt réunit
Avec empressement ses soldats et ses frères.
Ils firent vers le ciel tous monter leurs prières
Pour rendre grâce à Dieu. Tous du fond de leur cœur
Adorèrent ainsi, bénirent le Seigneur.
Ils refirent après sur la montagne sainte
Les maisons qu'autrefois possédait son enceinte.
Judas fortifia le coteau de Sion
L'environna de tours, et de sa nation

12

Il en fit le rempart. Bientôt il fut en guerre
Avec tous ses voisins, chargea *Simon*, son frère,
De s'avancer contre eux, de marcher d'un côté,
Pendant que lui de l'autre avec rapidité
Rompait tous leurs efforts... Enfin ils furent maîtres
De tous leurs ennemis. Or, quelques-uns des prêtres
Voulurent imiter Machabée et Simon.
Mais ils furent vaincus, car de leur mission
Ils avaient oublié l'objet tout pacifique,
Judas les gourmandant, ils furent sans réplique.
Antiochus était dans un pays lointain,
Quand il sut avec peine et le plus grand chagrin,
Tout le mauvais succès des siens dans la *Judée.*
Une expédition qu'il avait commandée
En personne, venait d'échouer pleinement.
Affligé de ce double et triste événement,
Il en tombe malade, et meurt à Babylone.
A son fils *Eupator* il laissa la couronne ;
Mais avant d'expirer il reconnut son tort ;
Ce ne fut que trop tard et trop près de la mort.
Eupator poursuivit les desseins de son père ;
Contre le peuple juif il dirigea la guerre.
L'armée était immense, il prit des éléphants.
Déjà les ennemis paraissaient triomphants.
Contre un de ces géants Éléazar s'avance,
Et pénétrant sous lui, le perce de sa lance.
Écrasé par sa chute, il meurt. Soudain le roi
Les soldats avec lui sont tous saisis d'effroi.
Judas dut cependant retourner en arrière ;
Eupator le suivit avec l'armée entière ;
Et le tint quelque temps assiégé dans les murs
De l'ancienne Sion. Les Juifs n'étaient pas sûrs

De pouvoir résister (ils craignaient la famine).
Ils furent délivrés par la grâce divine ;
Car Eupator bientôt avec eux fit la paix,
Secondant en cela leurs désirs, leurs souhaits.
Il avait tout promis, mais il fut infidèle
Et traître à ses serments. Sa fin fut très-cruelle.
Comme lui Lyzias eut un funeste sort,
Par leurs propres soldats ils furent mis à mort.

Récit LXXIX.

MORT DE JUDAS MACHABÉE.

—

Au fils d'Antiochus succéda sur le trône
Démétrius, qui vint lui ravir la couronne.
Judas ne goûta point pour longtemps de repos,
Car ce prince envoya l'un de ses généraux,
Provoqué par Alcime, afin de le combattre.
Alcime était un Juif pire qu'un idolâtre.
Il avait le désir du grand pontificat.
Il vint trouver le roi, le roi le lui donna.
Bientôt il repartit soutenu par Bacchide,
Par toute son armée ; et d'abord ce perfide
Fit parler à Judas insidieusement,
Lui proposa la paix, qu'il ne fit nullement.

Bacchide cependant fut nul dans cette affaire.
Il s'en revint. Le roi confie alors la guerre
A *Nicanor*, connu par son impiété,
Sa haine pour les Juifs, et sa duplicité.
Son armée était brave, elle était très-nombreuse.
Mais l'expédition fut encor malheureuse.
D'abord il essaya de surprendre Judas.
On l'avertit à temps, il ne s'exposa pas.
Nicanor le premier subit une défaite
Près de Jérusalam, et battit en retraite.
Il fut bientôt rejoint par un nouveau renfort.
Mais tout fut inutile, on le vainquit encor.
Et le premier de tous il mordit la poussière.
Ses soldats aussitôt jetant armes à terre,
Fuirent de toutes parts ; mais ils ne purent pas
Rentrer dans leur pays, échapper au trépas.
Judas fit célébrer des prières, des fêtes
Pour remercier l'auteur de toutes les défaites
Que venaient d'essuyer les ennemis de Dieu.
Dans Israël la paix pour quelque temps eut lieu.
Judas ayant appris le nom et la puissance
Des Romains, avec eux voulut faire alliance.
Le peuple avec bonheur reçut les députés.
De part et d'autre enfin on signa des traités
Par lesquels les Romains et les Juifs s'engagèrent
A s'entre-secourir. Ce fut ce qu'ils jurèrent
Au milieu du Sénat en se donnant la main,
Et disant : *foi des Juifs, foi du peuple romain!*
Bientôt Démétrius sachant que la défaite
Des siens dans la Judée avait été complète,
Et que son général, le fameux Nicanor,
Sur le champ de bataille avait trouvé la mort,

Obéissant toujours aux intrigues d'Alcime,
Dont sans doute il jugeait la cause légitime,
Il fit aller *Bacchide* avec lui de nouveau
Pour combattre Judas. Ce fut un grand fléau.
L'armée était nombreuse, et des plus formidables.
Les Juifs en la voyant ne furent pas capables
De soutenir l'éclat de ce grand appareil.
Leur découragement ne fut jamais pareil.
Sans se battre aussitôt presque tous se rendirent ;
Aux lois du général, d'Alcime ils souscrivirent.
Judas n'en put garder avec soi que huit cents.
Malgré ce petit nombre, il attaqua les rangs
De l'armée ennemie ; et gagnant l'aile droite,
Sur laquelle il porta, d'une manière adroite,
Ses efforts, son courage, et toute son ardeur,
Il combattit longtemps avec tant de vigueur,
Qu'il l'aurait emporté malgré le petit nombre
De ceux qu'il commandait, si la mort triste et sombre
N'eût point frappé son cœur, paralysé son bras.
Telle fut donc la fin du célèbre Judas.
Et les regrets des siens furent bien légitimes,
Car tous après sa mort ils furent les victimes
Des mauvais traitements et de l'ambition
De *Bacchide* et d'Alcime. Or jusque dans Sion
Ils firent éclater leur colère et leur rage ;
Et tous se soumettaient à leur dur esclavage.
Cependant Jonathas déclara qu'il voulait
Succéder à son frère, et dit qu'il soutiendrait
Comme lui du Seigneur la religion sainte.
Beaucoup vinrent à lui, le suivirent sans crainte.
Comme Judas il fut la gloire d'Israël ;
Il défendit toujours les intérêts du ciel.

12.

Récit LXXX.

JONATHAS, FRÈRE DE JUDAS MACHABÉE.

—

Jonathas fut bientôt poursuivi par *Bacchide*.
Sachant qu'il succédait à Judas, ce perfide
Voulut le mettre à mort. Ce dernier, averti,
Put éviter d'abord un si cruel parti.
Dès lors, des deux côtés on prépara la guerre.
Jonathas fit avant éclater sa colère
Contre d'insidieux et de lâches voisins,
Pendant qu'ils se livraient à de joyeux festins.
Bacchide accourt suivi d'une puissante armée.
Certain jour du sabbat l'affaire est entamée.
Jonathas et les siens attaquent vivement.
A la nage ayant tous passé rapidement
Le fleuve du Jourdain, sur Bacchide ils tombèrent,
Lui tuèrent du monde, et puis ils le forcèrent
A quitter le combat. Donc il se replia
Sur la basse *Judée*, et s'y fortifia.
Jérusalem était son principal refuge.
Alcime, cet impie et superbe transfuge,
Qui s'était rendu traître à la cause de Dieu,
Par pure ambition, profana le saint lieu.
Le Seigneur le punit d'une façon terrible,
Fit éclater sur lui sa colère inflexible.
Alcime n'étant plus, Bacchide retourna
Vers son maître en Syrie, où il ne séjourna

Que de très-courts instants. Les siens le rappelèrent,
Il vint sans hésiter parce qu'ils l'assurèrent
Que très-facilement il prendrait Jonathas,
Et mettrait fin à tout. Mais il ne le prit pas.
Loin de là. Jonathas avec Simon son frère,
S'entendirent si bien pour lui faire la guerre,
Que dans plusieurs combats il fut toujours vaincu,
Perdit beaucoup de monde. Entièrement déchu
De l'objet de ses vœux et de ses espérances.
Il exerça d'abord les plus grandes vengeances,
Contre ceux qui l'avaient de loin fait revenir.
Ce général signa la paix pour en finir.
Désormais du pays Jonathas fut seul maître ;
A son commandement tous durent se soumettre.
Investi du pouvoir, il chassa d'Israël
Les traîtres, les méchants, et se montra cruel
Implacable surtout à l'égard des impies,
Qui perdirent leur rang, leur fortune, leurs vies.
Alexandre, un des fils du prince *Antiochus*,
S'avança tout à coup contre Démétrius.
Il vint avec les siens jusqu'à Ptolémaïde.
Mais avant de reprendre à cet homme perfide
Le trône et le pouvoir, il voulut s'assurer
Que Jonathas serait pour lui, lui fit jurer
Qu'il soutiendrait son nom et défendrait sa cause.
Démétrius avait tenté la même chose.
Jonathas prit parti contre Démétrius,
Et s'arma pour celui du fils d'Antiochus.
Alexandre eut bientôt remporté la victoire
Sur son usurpateur. Il reprit avec gloire
L'empire des aïeux. Il voulait épouser,
Après un tel exploit il pouvait bien l'oser,

La fille du grand roi, du puissant Ptolémée,
Qui régnait en Égypte. Elle lui fut donnée.
Pendant qu'on célébrait les fêtes, les repas,
D'un si pompeux hymen, le brave Jonathas,
Au milieu de sa cour, mandé par Alexandre,
Pour s'y voir honoré, dut aussitôt se rendre.
Le prince, environné de tous ses généraux,
L'ayant fait revêtir des habits les plus beaux,
L'accabla de ses dons, lui fit mille largesses,
Et lui renouvela ses anciennes promesses.
Jonathas repartit en jurant à ce roi,
Lui donnant de nouveau son zèle avec sa foi.
Démétrius le Jeune étant venu de *Crète*,
Pour chasser Alexandre, et faire la conquête
Des pays où son père avait déjà régné.
Jonathas dès l'abord ne fut point épargné.
Mais sans s'intimider, sans se laisser abattre,
Contre *Apollonius* il sut si bien combattre,
Avec tant de sang-froid, de courage et d'ardeur,
Qu'il le fit reculer et resta son vainqueur.
Alexandre apprenant avec combien de gloire
Il avait combattu, remporté la victoire,
Pour le récompenser de ses nobles travaux,
Lui fit encor des dons et des présents nouveaux.
Il lui fit le plus grand et le plus magnifique
Dont il pût honorer une action publique,
Lui donna son anneau : « Vous êtes mon appui,
« Et mon soutien, » dit-il, en s'adressant à lui.

Récit LXXXI.

JONATHAS EST PRIS PAR TRIPHON.

—

Alexandre se vit trahi par Ptolémée,
Lorsqu'il eut épousé sa fille bien-aimée,
Qu'on nommait Cléopâtre. Il apprit que ce roi,
Dont il était le gendre abandonnant sa foi,
Tous ses premiers serments, avait fait alliance
Avec Démétrius, et qu'une armée immense
Contre lui s'avançait. Il ne put résister
A tous ses ennemis ; il dut se désister
Du pouvoir royal, et descendre du trône.
Il prit la fuite à temps, et laissa la couronne
Et son vaste royaume à ses deux concurrents.
Tous deux dans Antioche entrèrent triomphants.
Alexandre trouva la mort en Arabie.
Ce fut par trahison qu'il y perdit la vie.
Ptolémée honora cependant Jonathas ;
Démétrius aussi, qui ne se rendit pas
Aux dires mensongers des jaloux adversaires
Qu'il avait dans Juda même parmi ses frères.
Démétrius maintint, conserva son pouvoir :
En partage il voulut encor lui faire avoir
De nouvelles cités ; déclara la Judée
Libre de tout impôt et de toute corvée.
Jonathas se montra bientôt reconnaissant,
Car peu de temps après un complot menaçant

Contre Démétrius, et dans sa capitale,
Éclata tout à coup. Ce fut par la cabale
De ses anciens soldats qu'il avait désarmés.
Le roi, les courtisans en furent alarmés.
On voulait le priver du trône et de la vie.
Informé de ce fait, Jonathas expédie
A ce prince un secours de trois mille soldats
Qui gagnent la cité d'Antioche à grands pas.
Ils arrivent; bientôt par leur noble courage,
Démétrius se voit délivré de la rage
Des sujets révoltés. Pour les anéantir,
Pour les exterminer, il fallait consentir
A la destruction de cette grande ville.
Voyant bien qu'autrement tout serait inutile,
Les Juifs firent monter ses flammes jusqu'au ciel.
Ce fut des habitants le châtiment cruel.
Démétrius pourtant oublia ce service,
Persécuta les Juifs. Ce fut avec justice
Qu'un autre Antiochus vint pour le détrôner,
Amené par Triphon, qui le fit couronner.
Car ce prince n'était encor qu'un jeune homme.
Jonathas l'affermit dans son nouveau royaume;
Battit les partisans du roi Démétrius,
Qui dut prendre la fuite, et s'en aller confus.
La paix régnait partout... Dans cette circonstance,
Jonathas crut devoir cimenter l'alliance
Qu'on avait autrefois faite avec les Romains,
Et qu'on avait signée en se donnant les mains.
Encore il s'attacha le peuple *spartiate*.
Et cette nation ne fut pas plus ingrate
Que celle des Romains. Elle promit aussi
De sa fraternité le secours et l'appui.

Cependant Jonathas dut encore remettre
Les armes à la main ; et ce fut pour soumettre
Entièrement les chefs du roi Démétrius,
Qui par lui tant de fois avaient été vaincus.
Il s'avança contre eux avec Simon, son frère ;
Et bientôt il les fit tous aller en arrière.
Il les poursuivit donc, les chassa pour toujours.
Et de tous ses exploits continuant le cours,
Il alla dissiper une bande ennemie,
Jusque sur les confins de l'ancienne Arabie.
Il fit environner ses villes de remparts,
Et de Jérusalem doubla les boulevards.
Du jeune Antiochus, par une audace extrême,
Triphon ceignit bientôt le royal diadème,
A sa place il régna ; mais craignant Jonathas,
Et surtout ses vaillants et terribles soldats,
Il le prit par la ruse, et dans Ptolémaïde
Ayant su l'attirer, ce général perfide
L'enferma dans ses murs avec mille des siens,
Il le mit en prison, le chargea de liens.

Récit LXXXII.

MORT TRAGIQUE DE JONATHAS.—SIMON, SON FRÈRE. JEAN, FILS DE SIMON.

—

Triphon envers les Juifs agit encor de ruse.
Il n'est point de trompeur qui ne trompe et n'abuse,
Toujours en employant quelque moyen nouveau.
Sachant donc que Simon au nom du Dieu Très-Haut,
A la place du frère avait pris la défense,
De son noble pays ; que pour sa délivrance,
Il s'avançait suivi d'un grand nombre des siens,
Résolu de le vaincre, et par tous les moyens,
Triphon lui proposa de racheter son frère
Qu'il tenait dans les fers, et de finir la guerre.
Il exigea d'abord une somme d'argent,
Et dit que l'on devait lui donner pour garant
Les fils de Jonathas. Les Juifs y consentirent,
Simon pareillement. Mais ils s'en repentirent.
Triphon reçut la somme, on lui livra les fils
Du brave Jonathas. Or Triphon, au mépris
De ses engagements et de la foi jurée,
Les fit tous massacrer aux yeux de son armée,
Et leur père avec eux. Puis il se retira.
Les Juifs étaient trahis. On vint, et l'on pleura
Dans l'endroit où gisaient ces hommes regrettables.
Ils furent transportés aux tombeaux vénérables
De leurs anciens aïeux. Ce fut pour Israël

Une douleur amère, un deuil universel.
Du jeune Antiochus ayant pris la couronne,
Se mettant à sa place, et le chassant du trône,
Triphon se contenta de ses nouveaux sujets,
Et retournant chez lui, laissa les Juifs en paix.
Simon renouvela leur ancienne alliance
Avec Sparte, avec Rome. Or on fit la dépense
D'un bouclier d'argent pour le sénat romain.
Avec ce peuple encore on se donna la main.
Pour reconnaître enfin les éminents services
Que *Simon* et les siens, au prix des sacrifices
Les plus grands, les plus saints et les plus généreux,
Avaient rendus sans cesse au peuple des Hébreux
Pour défendre leurs lois, leur religion sainte ;
On grava dans le temple, on mit dans son enceinte
Le glorieux détail et la description,
De tout ce qu'ils avaient fait pour la nation.
Le roi Démétrius qu'avait chassé du trône
Le perfide Triphon, pour donner la couronne
Au jeune Antiochus, avait encore un fils
Du nom de ce dernier ; et par lui comme amis
Les Juifs furent traités tout d'abord dans la guerre
Qu'il fit pour recouvrer le trône de son père.
Puis changeant tout à coup d'humeur à leur égard.
Prenant, interprétant tout en mauvaise part,
Il fit contre les Juifs avancer *Cendebée*,
Pendant qu'avec le gros de sa puissante armée
Il poursuivait Triphon. Les gens d'Antiochus,
Furent tous par les Juifs repoussés et vaincus.
Simon se couvrit donc d'une nouvelle gloire,
En remportant sur eux cette grande victoire.
Jean son fils fut blessé dans cette occasion ;

13

Il devint après lui chef de la nation.
Simon avait un gendre appelé Ptolémée,
L'un des plus opulents de toute la Judée,
Qui fut jaloux de lui, conçut l'affreux dessein
De le faire mourir. Au milieu d'un festin
Il le fit immoler pour devenir le maître
Du peuple d'Israël. Afin de le soumettre
Plus vite à son empire, il écrivit au roi
Que *Simon* n'était plus, qu'il lui donnait sa foi,
Et que s'il envoyait promptement une armée,
Bientôt, grâce à ses soins, par toute la Judée
Il serait reconnu comme son souverain,
Et qu'il la remettrait lui-même sous sa main.
Mais Jean, fils de Simon, apprenant la nouvelle
De ces événements, sachant la mort cruelle
Infligée à son père, à ses frères aussi,
Se vit dans la douleur et dans un grand souci.
Bientôt autour de lui se réunit l'armée
Des vrais enfants de Dieu. Le traître Ptolémée
Essaya vainement de le faire périr.
Jean devant les tyrans ne voulut point fléchir.
Avec gloire il soutint la cause de ses pères ;
Il défendit leur loi, s'illustra dans des guerres.
Il fut toujours zélé, toujours victorieux ;
Il ne le céda pas à ses nobles aïeux.

Récit LXXXIII.

HISTOIRE D'HÉLIODORE.

—

Pendant que Séleucus était roi dans l'Asie,
Quand Apollonius de la *Cœlésyrie*
Était le gouverneur, le chef et l'intendant,
Un appelé *Simon*, homme vil, intrigant,
Voulait dans la Judée usurper du grand prêtre
Les saintes fonctions, et devenir le maître.
Et le premier de tous dans la maison de Dieu,
Étant déjà chargé de veiller au saint lieu.
Onias est le nom de l'homme vénérable
Qui s'acquittait alors de la charge honorable
Du grand pontificat. Il était respecté
Des Juifs qu'il dirigeait avec sincérité
Dans les sentiers du ciel, leur inspirant la crainte
Du Seigneur et surtout l'amour de sa loi sainte.
Simon était jaloux... Mais Dieu ne permit pas
Qu'il réussît jamais dans des projets si bas.
Dès lors pour se venger, cet homme abominable
Conçut, exécuta le dessein exécrable
De partir et d'aller chez Apollonius,
Et de lui proposer (il n'en fut point confus)
De prendre les trésors, les richesses du temple.
Attendu, disait-il, qu'il était sans exemple
Qu'on y en eût jamais porté, cachés autant.
Apollonius crut cet avis important,

Le fit savoir au roi, qui goûta bien l'affaire.
Ayant fait aussitôt venir son secrétaire,
Lui-même il le chargea de l'exécution
De cet affreux larcin. Or cet homme avait nom
Héliodore. Alors pour la *Cœlésyrie*
Il part, fait un détour, vient par la Phénicie
Jusqu'à Jérusalem. Mais il ne voulait pas
Qu'on sût pour quel motif il y portait ses pas.
Il alla saluer, visiter le grand prêtre,
Et lui parla d'abord sans lui faire connaître
L'objet de son voyage et de sa mission.
Puis il lui déclara que son intention
Était de s'assurer de l'état des richesses
Et des trésors du temple, ayant su les largesses
Dont on avait comblé les ministres de Dieu,
Et cela par *Simon*, le gardien du saint lieu.
Le grand prêtre étonné d'une telle imposture,
Quoiqu'il connût Simon, sa mauvaise nature,
Avoua quatre cents talents de pur argent,
Et deux cents talents d'or; dit qu'un certain *Hircan*
Avait fait le dépôt d'une assez grosse somme
Qui toute appartenait, revenait à cet homme.
Héliodore alors lui dit qu'à certain jour
Il se rendrait au temple, et parlant sans détour,
Déclara que le roi l'avait chargé de prendre
L'argent qui s'y trouvait, et qu'il devait s'attendre
A le voir enlever. Le grand prêtre Onias
Concentra son chagrin et ne répondit pas.
Mais la douleur était peinte sur son visage,
Et faisait augurer quelque triste présage.
Il se mit en prière; il y fit mettre aussi
Les lévites du temple, et fut dans le souci

Jusqu'à l'heure où se fit la visite annoncée.
Mais sa prière fut pleinement exaucée.
Héliodore arrive, il demande les clefs
Pour découvrir l'argent et l'or amoncelés
Dans les coffres du temple. On vient, on les lui donne.
Ses gens sont avec lui. Tout à coup on s'étonne
De voir du haut du ciel descendre un cavalier
Très-richement vêtu, qui d'un coup d'étrier
Repousse Héliodore et le jette par terre.
Deux très-beaux jeunes gens arrivent par derrière;
Prennent ce criminel et l'assomment de coups.
Les témoins de ce fait sont saisis, tremblent tous.
On l'emporte, on l'emmène, arrive le grand prêtre
Qui peut en le voyant à peine reconnaître
Cet homme qu'il craignait et qu'il redoutait tant.
Il est à demi mort, il est tout haletant.
On supplie *Onias* d'offrir un sacrifice
Afin que le Seigneur lui devienne propice,
Le sauve du trépas. Le grand prêtre obéit.
Héliodore après se redresse et revit.
Ceux qui l'avaient frappé d'une telle manière
L'assurent que ce n'est que grâce à la prière
Du grand prêtre *Onias* qu'il se voit délivré
De leurs mains, de leurs coups, et qu'il a recouvré
Dans de si courts instants la santé et la vie.
Héliodore part, revient dans sa patrie,
Dit au roi *Séleucus*: « *Ce n'est pas votre ami*
« *Qu'il faut envoyer là, mais bien votre ennemi.* »

———∞∞∞———

13.

Récit LXXXIV.

MARTYRE D'ÉLËAZAR ET DES SEPT FRÈRES MACHABÉES.

—

Antiochus, celui qu'on surnomme *Épiphane*,
Conçut contre les Juifs un sentiment profane.
Après avoir souillé le temple du Seigneur
En y plaçant ses dieux et leur culte imposteur,
Ce prince, aussi cruel qu'il se montrait impie,
Voulut forcer les Juifs à faire apostasie
De leur loi, de leur culte. Il condamnait à mort
Tous ceux qui par un saint et généreux effort,
Contre sa volonté, contre son ordonnance,
Sans vouloir obéir, luttaient avec constance.
Deux femmes dont l'état méritait des égards,
Par les archers du roi, du sommet des remparts
Dans les fossés profonds furent précipitées
Avec leurs deux enfants, et sur le coup tuées,
Pour avoir circoncis, fidèles au Seigneur,
Leur deux fils entraînés dans le même malheur.
Dans un jour de sabbat, ces ministres infâmes
D'Antiochus avaient fait périr dans les flammes
Un grand nombre de Juifs, zélateurs de la loi,
Qui vaquaient dans un antre aux choses de leur foi.
Ils ne respectaient rien, pas même la vieillesse.
Des plus jeunes enfants ils tentaient la faiblesse ;
Mais Dieu donnait toujours aux vieillards, aux enfants,
Sa grâce et son secours, les rendait triomphants.

Ils voulaient obliger une homme vénérable
Par l'âge et la vertu, d'un extérieur aimable,
A se nourrir de mets que la loi défendait.
Du nom d'Éléazar cet homme s'appelait.
Bien inutilement d'abord ils employèrent
La persuasion. Et puis ils essayèrent
De mettre dans sa bouche ouverte avec effort
De ces mets défendus. *Éléazar* ne mord
Ni n'avale des mets, reste à son Dieu fidèle.
L'un des exécuteurs brusquement l'interpelle,
Et lui dit aussitôt que s'il n'en mange pas,
On va dans un moment le conduire au trépas.
Comme on lui conseillait d'user de fourberie,
Et de dissimuler pour conserver la vie,
En disant qu'il devait ménager ses vieux ans,
Quand d'ailleurs il n'aurait pas trahi ses serments :
« Non, non, répondit-il, je veux que la jeunesse,
« Loin de pouvoir bientôt m'accuser de faiblesse,
« En moi trouve un exemple et généreux et fort.
« Oui, j'y consens, dit-il, qu'on me mène à la mort :
« Si par ma lâcheté de l'humaine justice
« J'évitais les arrêts, d'un éternel supplice
« Mon Dieu m'infligerait le juste châtiment. »
Il fut exécuté dans le même moment.
On prit également sept enfants et leur mère,
Qu'on voulut obliger de la même manière
A se nourrir des mets que défendait la loi.
Pleins de le même force et de la même foi,
Tous, comme Éléazar, à Dieu furent fidèles,
Et comptèrent pour rien les tortures cruelles,
Et la mort que le prince outré leur infligea :
Car de ces mets impurs, aucun d'eux n'en mangea.

On les battit d'abord, on les frappa de verges;
Et lorsqu'on eut meurtri leur chair, leurs membres vierges,
L'un d'eux dit : « Pensez-vous faire apostasier
« Ceux que de son secours Dieu veut bien appuyer? »
Le roi fait préparer des chaudières bouillantes,
Et des grilles de fer rouges, incandescentes.
L'aîné de tous lui dit : « Tu ne me vaincras pas
« Quoi que tu puisses faire, ô tyran vil et bas ! »
On lui coupe la langue et la peau de la tête ;
L'extrémité des pieds, des mains. « Oui, qu'on le jette
« S'écrie Antiochus tout vivant dans le feu. »
Et pendant qu'il souffrait, ses frères priaient Dieu.
Quand il eut expiré l'on en vint au deuxième,
Qui sans vouloir céder, souffrit, mourut de même,
En disant au tyran que s'il les torturait,
Un jour Dieu dans le ciel les récompenserait.
Le troisième à son tour, en présentant sa langue
Tous ses membres aussi, dit pour toute harangue
Qu'il ne redoutait pas de perdre ce que Dieu
Lui rendrait au centuple, en son temps, en son lieu.
Le prince était saisi. L'on amena les autres
Qui tous pareillement se firent les apôtres
Du Dieu qui de sa grâce ainsi les secourait.
Leur mère était présente, et les encourageait :
« Non ce n'est pas de moi que vous tenez la vie,
« Qui si cruellement à tous vous est ravie,
« Leur disait cette femme ; et le maître du ciel,
« Qui seul en est l'auteur, au séjour éternel
« Il doit vous en donner encore une meilleure.
« Avec courage et foi, que chacun de vous meure ! »
Il en restait un seul. Se croyant méprisé,
Le roi n'en pouvait plus, était tout courroucé.

Pour ce dernier, usant d'abord de flatterie :
« Je rendrai, lui dit-il, ton sort digne d'envie,
« Et je te comblerai de richesses, de biens,
« Si tu consens à faire autrement que les tiens,
« A te nourrir enfin de ces mets, de ces viandes
« Que tu vois devant toi si bonnes, si friandes.
« — Mon fils, lui dit sa mère, ah! regarde le ciel !
« Pense, je t'en conjure, au bonheur éternel,
« A la félicité que ton Dieu t'y prépare.
« Prends garde que ton cœur un moment ne s'égare.
« Ce bonheur est plus grand que celui d'ici-bas ;
« Il est bien au-dessus du plus cruel trépas.
« — Bourreaux, qu'attendez-vous, dit aussitôt le frère
« Des généreux martyrs ?.. Allez, je ne crains guère,
« Je ne redoute pas vos plus cruels tourments.
« Toi, monarque insensé !... Pour tous ces châtiments
« Que tu nous fais subir, et dont tu nous accables,
« Dieu t'en infligera de plus épouvantables.
« Non, je ne ferai pas autrement que les miens.
« Comme mes frères, moi, méprisant tous les biens,
« Me résignant à tout même à perdre la vie,
« J'irai peupler comme eux la céleste patrie. »
Après qu'il eut parlé, le roi plein de fureur,
Le fit traiter encore avec plus de rigueur
Qu'on n'avait sous ses yeux traité ses autres frères :
On le tortura donc de toutes les manières.
Il fut fidèle à Dieu, saint, pur jusqu'à la mort,
Et la mère après lui subit le même sort.

FIN.

TABLE DES RÉCITS.

FIN DE LA TABLE.

Paris. — Imprimé par E. Thunot et Cᵉ, 26, rue Racine.

TRENTE-TROISIÈME TABLEAU

DAVID & GOLIATH

Quand David fut sacré, le Seigneur, dans son âme,
Fit une effusion de la plus vive flamme
De son Esprit divin, qui sortit aussitôt
De celle de Saül, par l'ordre du Très-Haut.
L'Esprit malin survient et se met à sa place.
Saül, dès ce moment, ne peut pas, quoi qu'il fasse,
Se soustraire aux effets de l'agitation
Dans laquelle le met cette possession.
Il apprend que David passe pour très-habile
A jouer de la harpe, et qu'il peut être utile
Pour calmer son état. Saül le fait venir ;
En entendant David, il sent se rétablir

La paix et le repos dans son âme oppressée.
Au bout de quelque temps sa douleur fut passée.
David s'en retourna pour garder les troupeaux.
Ses trois frères aînés, renonçant au repos
Qu'ils goûtaient dans les champs, s'en vinrent à la guerre
Contre les Philistins, qui ne tardèrent guère
A venir attaquer les enfants des Hébreux.
Or les deux camps étaient séparés par un creux.
Voici que tout à coup, du fond de la vallée,
Accourt un Philistin à la taille élevée.
Du plus loin qu'il le put il dit et s'écria :
« Que celui d'entre vous qui l'ose vienne là.
« S'il triomphe de moi, mon peuple tributaire
« Vous restera soumis; ce sera le contraire
« Si je l'abats lui-même et si je suis vainqueur.
« Qu'il s'avance bientôt, celui qui n'a pas peur. »
Goliath, c'est le nom de ce géant terrible
Qui vint si fièrement et d'un air si pénible
Provoquer Israël : car il accompagnait
D'injures et d'affronts chaque mot qu'il disait.
Tout le peuple, en silence et la douleur dans l'âme,
Tremblant, et sans bouger, écoutait cet infâme,
Et personne n'osait s'avancer contre lui.
Saül restait tout seul, sans secours, sans appui.
Pour exciter leur zèle, il dit qu'en mariage
Il donnerait sa fille au généreux courage

De celui qui voudrait contre ce Philistin
S'avancer, le combattre, et le tuer enfin.
Or David arrivait pour visiter ses frères ;
Il venait s'occuper du soin de leurs affaires,
Envoyé par son père, et lorsqu'il eut appris
L'embarras de Saül, ce qu'il avait promis,
Il s'avance aussitôt, il vient en sa présence
Et lui dit qu'il veut bien, sans épée et sans lance,
Combattre ce géant et lui donner la mort.
(Dans les champs il faisait aux ours le même sort,
Aux tigres, aux lions, quand ils venaient lui prendre
Des brebis du troupeau.) Saül veut bien l'entendre,
Et David aussitôt, en habit de pasteur,
Prend sa fronde, son sac, marche au nom du Seigneur,
Choisit sur le chemin cinq pierres très-coulantes.
Goliath l'aperçoit et lui dit : « Tu plaisantes,
« Jeune présomptueux !... Tu me prends pour un chien.
« Je n'ai pas peur de toi, je le montrerai bien.
« Approche, d'un seul coup je vais te mettre en pièces,
» Et les vautours du ciel, dans leurs serres épaisses,
« Viendront prendre ton corps, ils te dévoreront.
« Effrayés, devant moi les Hébreux s'enfuieront... »
David, sans s'arrêter, marche calme et tranquille ;
Bientôt avec sa fronde il lance un projectile
Et transperce le front du superbe géant.
Goliath, sur le coup, tombe à terre et s'étend ;

Il est sans mouvement, ses membres sont sans vie ;
Par les mains de David son épée est saisie ;
Il lui tranche la tête, et l'élevant en l'air,
Revient victorieux de ce géant si fier.
Les enfants d'Israël poussent un cri de joie.
Les Philistins, confus, s'en vont par toute voie.
On court, on les poursuit..., le plus grand nombre enfin
Eut, comme Goliath, un funeste destin.

L'ouvrage entier se compose de quatre-vingt-cinq chapitres ou tableaux. Il a pour titre : *L'Histoire sainte en tableaux, depuis la création jusqu'aux derniers siècles avant Jésus-Christ.*

PRIX DE L'EXEMPLAIRE : 1 FR. 50 C.

M. l'abbé Combes, rue Androuet, 7
Paris-Montmartre

Paris. — Imprimé par E. Thunot et Cᵉ, rue Racine, 26.

www.ingramcontent.com/pod-product-compliance
Lightning Source LLC
Chambersburg PA
CBHW061451030726
47503CB00005B/1661